ELARA FLEUR

Unerwartet Weiblich Verliebt

Sapphic-Romantischer Kurzroman

Zu diesem Buch

Alleinerziehend, mit zwei Töchtern und viel zu langen Arbeitstagen vor Weihnachten, tut Raffaela ihr Bestes, ihren Mädchen etwas Glitzer zu bieten.

Rita liebt ihre Neffen und selbstbewusste Singlefrauen. Umso überraschter ist sie, als sie sich beim Weihnachtsbasteln in Raffaela verliebt.

Unter Tannenzweigen aus Papier, zwischen Glitzerkleber und bei süßer Weihnachtsmusik funkeln zwischen Raffaela und Rita die Gefühle heller als die Weihnachtslichter.

Lassen sie sich auf ihre Gefühle ein, oder verstecken sie sich beide hinter ihrer Verantwortung für die Kinder? Eine romantisch-sapphische Weihnachtsgeschichte über Vertrauen, Verantwortung und Vorfreude.

Autorin

Elara Fleur feiert die Irrungen und Wirrungen im Leben und in der Liebe in jeder ihrer Geschichten neu. Ihr Debüt zeigt das mit der zutiefst romantischen Kurzgeschichte zum Valentinstag: »Herz aus roten Rosen«.

Zusammen mit dir fiebert sie mit allen ihren Frauenfiguren mit: wie werden die Charaktere dieses Mal die große Liebe finden? Würde nicht die nächste Geschichte darauf warten geschrieben zu werden, Elara wäre nur mit der Nase in einem Buch oder vor ihrem eBook-Reader zu finden.

Welche Frauen wird sie wohl als Nächstes auf dem Weg ins Glück begleiten?

Finde es heraus und lies ihre neueste, lesbisch romantische Geschichte mit gefühlvollen, sapphischen Frauen und starken Gefühlen.

Du willst als Erste über Neuerscheinungen informiert werden?

Folge Elara Fleur auf Amazon, oder melde dich zu ihrem Newsletter an: www.elarafleur.de

Für alle Liebhaberinnen sapphischer Romantik.

Unerwartet Weiblich Verliebt

Sapphic-Romantischer Kurzroman

ELARA FLEUR

Weihnachtsbasteln für Eltern und Kinder, las Raffaela die Buchstaben auf dem Plakat, welche aus Tannenzweigen bestanden und mit Christbaumkugeln dekoriert waren.

Sie dachte an all die Arbeit, die zu Hause auf sie wartete, und die traurigen Augen ihrer beiden Mädchen, die keinen Platz mehr beim Weihnachtsbasteln in der Grundschule bekommen hatten. Als alleinerziehende Mutter fiel es ihr sowieso schon schwer, alles zu organisieren, ohne selbst noch große Bastelaktionen zu Hause zu veranstalten. Dabei hatte sie, bevor sie ihre Töchter hatte, immer gerne gebastelt.

Raffaela schob ihre schwere Einkaufstasche höher auf ihre Schulter, über die bereits der Träger ihres Rucksacks lief und las weiter: *Sonntag, zweiter Advent, ab 13 Uhr im Musiksaal der Grundschule.*

Raffaela las den Text zur Sicherheit ein zweites Mal. Normalerweise gab es am Sonntag keine Bastelaktionen in der Grundschule. Entweder sie fanden an einem Wochentag statt oder wurden am Sonntag von einer der Kirchen in den Gemeindehäusern organisiert. Auf der Straße hinter ihr ratterte donnernd ein Lastwagen vorbei. Wasser schlurpte. Schneematsch spritzte auf ihre Jeans, die sofort feucht und kalt an ihren Waden klebte.

Raffaela presste ihre Lippen zusammen und suchte auf dem in weihnachtlichem Gold, Rot und Grün gestalteten Plakat nach dem Veranstalter. Unten links in der Ecke fand sie ihn und nickte zufrieden. Es war eine unparteiische, nicht-religiöse Organisation, sodass sie, wenn sie mit ihren beiden Töchtern zum Basteln gehen würde, keine Missionierungsversuche oder ein politisches Parteiprogramm befürchten musste. Weder für eine Diskussion über das eine, noch für eine eingehende Beschäftigung mit dem anderen hatte sie Zeit.

Raffaela nahm die zweite Stofftasche von der rechten in die linke Hand, zog ihr Smartphone aus der Tasche ihrer roten Winterjacke und knipste ein Foto von dem Plakat. Zu Hause konnte sie im Kalender prüfen, was sie verschieben musste, um mit ihren Töchtern zum Weihnachtsbasteln gehen zu können. Gleich nachdem sie die Hausaufgaben geprüft, Fragen beantwortet, die Gute-Nacht-Geschichte vorgelesen, die Küche geputzt, das Vesper für morgen vorbereitet, die trockene Wäsche abgehängt, gefaltet und weggeräumt hatte.

Raffaela unterdrückte ein Gähnen und ein Schaudern vor Kälte und eilte, so schnell es ihre schweren Einkaufstaschen erlaubten, weiter die Straße hinunter. Aus einer offenen Ladentüre klang Weihnachtsmusik mit Glockenläuten über den Lärm der Autos hinweg an ihr Ohr.

Wie schön wäre es, wenn Weihnachten doch wieder einmal wirklich entspannend für sie sein könnte, dachte Raffaela wehmütig. Sie konnte sich gar nicht mehr daran erinnern, wann sie das letzte Mal gemütlich und ungestört Weihnachtsmusik gehört und dazu Plätzchen gegessen hatte.

Der Duft von Zimt und getrockneten Orangen füllte den Musiksaal der Grundschule. Vom schwarzen Flügel waren nur noch die Beine auf den goldfarbenen Rollen zu sehen. Der Rest wurde von einer weißen Abdeckung versteckt. Der Flügel war in eine Ecke geschoben worden. Die Tischreihen standen zu Gruppentischen zusammengestellt im Raum.

Raffaela lächelte und atmete erleichtert aus.

Sie hatte es geschafft, den Termin für das Adventsbasteln in ihren Kalender zu quetschen und pünktlich zu sein. Was dafür zu Hause liegen blieb, daran wollte sie jetzt nicht denken. Viel wichtiger war das glückliche Strahlen in den Gesichtern ihrer Töchter.

»Schau Mama, da hinten ist ein Tisch frei«, jubelte Sophia.

Raffaelas jüngere Tochter rannte los. Sie schlängelte sich geschickt zwischen den anderen Kindern und Eltern hindurch und wich Jacken und Rucksäcken aus.

»Hab ihn!«, rief Sophia quer durch den Raum, mit einem triumphierenden Lachen im Gesicht und freudig hochgereckten Armen, über alle Gespräche und das Rücken von Stühlen hinweg.

Raffaela lächelte.

Sophias Begeisterung war ansteckend.

Mit vielen »Entschuldigung bitte« und »Würden Sie mich bitte einmal durchlassen«, arbeitete sie sich selbst durch den Raum, bis zu der Tischgruppe, die Sophia besetzt hatte. Hinter sich herzog Raffaela ihre ältere Tochter Maura durch den Raum.

»Sie haben sogar die Fenster dekoriert«, hörte Raffaela Maura leise sagen.

So leise, dass sie es über dem Rascheln von Jacken, dem Stühlerücken und der Weihnachtsmusik, die im Hintergrund lief, fast nicht gehört hätte.

»Stimmt, die Fensterdekoration ist wunderschön«, sagte Raffaela, ohne wirklich hinzusehen.

Sie war immer noch damit beschäftigt, sich zwischen anderen Menschen hindurchzuschlängeln, ohne an Wintermänteln, Handtaschen und Rucksäcken hängenzubleiben.

Ihre Große war viel zurückhaltender als ihre Kleine. Etwas, das Raffaela regelmäßig Sorgen und ein schlechtes Gewissen machte. Dass Maura so zurückhaltend war, konnte nicht an den beiden Schuljahren Unterschied liegen, sondern musste an der Tatsache liegen, dass Maura viel zu oft auf Sophia aufpassen musste, seit ihr Mann sich vor fünf Jahren von ihr getrennt hatte. Raffaela unterdrückte ein Seufzen und setzte ein breites Lächeln auf. Heute waren sie hier, um gemeinsam Weihnachtsschmuck zu basteln und Spaß zu haben. Immerhin war es der zweite Advent. Die Mädchen wollten die Geschenke an Weihnachten ihren Eltern, den Großeltern ihrer Töchter, überreichen, wenn sie zu Besuch kamen. An die Schwiegereltern wollte Raffaela lieber nicht denken. Genauso wenig wie an die leere, kalte Betthälfte in ihrem Schlafzimmer.

Tief atmete sie den süßen Duft von Zimt und fruchtiger Orange ein. Heute Nachmittag wollte sie ihre ständigen Sorgen beiseiteschieben. Die waren morgen immer noch da!

»Das ist ein wunderbarer Platz, mein Schatz«, sagte Raffaela zu Sophia.

Sie atmete erleichtert aus und stellte ihren Rucksack mit den Trinkflaschen und den Weihnachtskeksen aus dem Supermarkt neben den kleinen Grundschulstuhl auf den Boden.

»Die Jacken könnt ihr über die Stühle hängen«, sagte Raffaela und zog den Reißverschluss ihrer roten Winterjacke auf.

Draußen war es, passend zur Jahreszeit, sehr kalt. Leider war der Schnee bisher noch nicht liegen geblieben, sondern hatte sich immer sofort in Matsch und dann Wasser verwandelt. Wasser, das frühmorgens zu Eis gefroren war und den Weg zur Arbeit und zur Schule zu einer Rutschpartie machte.

»Mama, was basteln wir heute?«, fragte Sophia, die nicht stillsitzen konnte und auf ihrem Stuhl herumrutschte.

»Lass dich überraschen, mein Schatz«, sagte Raffaela, die selbst nicht wusste, was gebastelt werden sollte.

Das Plakat mit den Christbaumkugeln und der Schrift aus Tannenzweigen hatte es nicht verraten. Mit dem Material, an dem sie beim Weg an den Tisch vorbeigekommen war, konnte sie es noch nicht abschätzen.

»Setz dich Maura, bestimmt fangen wir gleich an«, sagte Raffaela und zog einladend den Stuhl neben ihrem vom Tisch ab.

»Ja«, murmelte Maura nur leise und setzte sich. Auf dem Stuhl blieb sie bewegungslos sitzen.

Raffaela strich ihr über ihre lockigen braunen Haare und schwieg.

Es gab nichts, was sie sagen konnte, um Maura wieder in das fröhliche, quirlige und sorgenfreie Mädchen zu verwandeln, das sie einmal gewesen war. Leider.

Stattdessen sah sie sich im Musiksaal um. Die Dekoration an den Fenstern war wirklich schön und festlich. Jemand hatte mit farbigen Stiften Tannenzweige darauf gemalt und bunte Kugeln dazu, sodass es aussah, als wären sie daran gehängt. Fast hatte Raffaela das Gefühl, die Kugeln wären echt und nicht nur auf das Fensterglas gemalt.

»Ist hier noch frei?«, fragte eine freundliche Stimme und riss Raffaela aus ihren Gedanken.

Bevor sie antworten konnte, plapperte schon Sophia darauf los.

»Klar, ist hier frei. Wir sind nur zu dritt, unser Papa hat sich lieber eine andere Frau gesucht«, sagte Sophia.

Raffaela biss sich auf die Unterlippe und nickte, ohne aufzusehen. Jedes Mal, wenn das Thema zur Sprache kam, versetzte es ihr einen Stich. Dabei wusste sie genau, dass Sophia sie nicht kritisieren wollte. Sie war ein Kind! Trotzdem schmerzte es sie, für eine jüngere, hübschere Frau ohne Schwangerschaftsstreifen und hängende Brüste entsorgt worden zu sein!

»Setzt euch gerne«, sagte Raffaela und blickte der Frau ins Gesicht, die neben ihrem Tisch stehen geblieben war.

Sie ließ ihren Blick hastig von den schwarzen Locken und den leuchtend rot geschminkten Lippen über die offene Jacke mit dem glatt gebügelten Oberteil der Frau nach unten gleiten und vermied jeden Blickkontakt. An jeder Hand hielt die Frau einen Jungen. Die beiden schienen ungefähr im Alter zwischen ihren Töchtern zu sein. Langsam sah Raffaela wieder hoch.

Wie schaffte diese Frau es, so gepflegt auszusehen, wenn sie zwei Jungen dabei hatte? Konnte sie zaubern? Hatte sie zu Hause eines der seltenen Männerexemplare, die nach den Kindern sahen und im Haushalt mithalfen? Unwahrscheinlich. Viel eher hatte sie Hilfe von ihrer Mutter und ihrer Schwiegermutter. Mindestens.

Raffaela wurde wieder einmal sehr bewusst, dass sie, wie fast immer, ihre halblangen, blonden Haare in einen hastigen Pferdeschwanz gebunden hatte und kein Make-Up trug. Außerdem hatte sie nach dem erstbesten Pullover im Kleiderschrank gegriffen und die Jeans vom Vortag hatte noch gut ausgesehen. Gebügelt wurde bei ihr gar nichts.

»Ich bin Raffaela«, sagte Raffaela, um die Stille am Tisch zu überbrücken, obwohl es im restlichen Musiksaal weiter geschäftig und laut zuging. Immer noch kamen Kinder und Erwachsene zur Türe herein und suchten sich einen Platz.

An ihrem Tisch untypisch war es still. Sogar Sophia hatte aufgehört, auf ihrem Stuhl herumzurutschen. Es war wie so oft, wenn sie als alleinerziehende Mutter erkannt wurde. Die anderen wussten dann offensichtlich nicht mehr, was sie sagen konnten. Oder sahen sie als ein gefährliches, Männer stehlendes Monster an. Dabei war es das Letzte, was Raffaela wollte.

Im Gegenteil.

Viel lieber würde sie sich mit einer anderen, alleinerziehenden Mutter zusammentun. Einer Frau, die wusste, was es bedeutete, einen Haushalt mit Kindern am Laufen zu halten. Einer Frau, mit der sie sich diese Arbeit teilen konnte. Eine Frau, mit der sie vielleicht, in seltenen Fällen, gemeinsam einen Film anschauen und eine Tüte Chips leer futtern konnte, ohne gleich an die Waage denken zu müssen.

»Das hier sind meine Töchter Maura und Sophia«, stellte Raffaela sie vor. »Wie heißt ihr?«

Es war immer das Beste, aktiv nachzufragen, bevor die Leute auf die Idee kamen, Mitleidsbekundungen über ihren Ehestatus auszusprechen. Schlimmer waren nur noch die ungefragten Tipps zu ihrem Styling, damit sie bald einen neuen Mann anzog. Sie wollte keinen neuen Mann, für den sie sich verbiegen musste!

»Raffaela ist ein wunderschöner Name«, sagte die Frau mit den schwarzen Locken und den leuchtend rot gefärbten Lippen, mit einem Lächeln, das Raffaela innerlich wärmte. »Ich bin Rita und das sind meine beiden Neffen Theo und Lars. Ich passe heute auf sie auf.«

»Mama will einen kinderfreien Sonntag mit Papa«, sagte Theo und hängte seine Jacke über eine Stuhllehne.

»Damit wir endlich eine kleine Schwester bekommen«, sagte Lars und grinste über das ganze Gesicht, als hätte er ein großes Geheimnis verraten. Dann zog er den Reißverschluss seiner Jacke mit einem lauten Ratsch auf und hängte ihn über seinen Stuhl, den er polternd vom Tisch abzog.

Raffaela nickte und hoffte, dass ihr Lächeln ihr nicht aus dem Gesicht fiel. Rita war die Tante der Jungs. Kein Wunder, dass sie Zeit hatte, ihre Oberteile zu bügeln.

»Es freut mich, euch kennenzulernen«, sagte Raffaela hastig, bevor die Pause zu lang wurde.

Damit war geklärt, warum Rita so fantastisch aussah. Sie hatte keine eigenen Kinder!

Raffaela ließ sich auf ihren Stuhl fallen, der ihr viel zu klein. Sie lauschte der Weihnachtsmusik und dem Stimmengewirr. Sie legte Maura eine Hand auf die Schulter, um ihr zu zeigen, dass sie an sie dachte. Sophia dagegen brauchte keine stille Fürsorge. Sie fragte Lars und Theo nach ihrer kleinen Schwester aus, die offensichtlich noch in Planung war.

Wie schön für die Mutter der Jungs, dass sie eine Schwester hatte, die ihr einen freien Nachmittag verschafft, dachte Raffaela wehmütig.

Der Saal war eindeutig zu klein für so viele Menschen und Kinder gleichzeitig. Rita hätte nie gedacht, dass trotzdem alle einen Platz finden würden.

Schon beim Hereinkommen hätte Rita, wegen des vielen Lärm, am liebsten auf dem Absatz umgedreht und wäre wieder gegangen. Aber ihre beiden Neffen, Lars und Theo, hatten sie lachend mit in den Musiksaal gezogen, der für sie aussah, als wäre eine Kiste Weihnachtsdekoration darin explodiert. Eine große Kiste Weihnachtsdekoration.

Die Fenster waren mit schiefen und wackeligen Weihnachtsmotiven von oben bis unten bemalt worden. An den Wänden hingen Bilder, die ganz offensichtlich im gleichen Kunstunterricht entstanden waren, und von der Decke hingen Papiergebilde, die, mit viel Fantasie, Tannenzweige aus Papier sein könnten.

Sicher war sich Rita nicht.

Fragen würde sie aber auf keinen Fall. Schließlich hatte sie ihrer Schwester versprochen, heute Nachmittag auf Lars und Theo aufzupassen. Da war ihr das Weihnachtsbasteln gerade recht gekommen.

Hätte sie gewusst, wie viele Leute hierherkommen würden, sie hätte das Weihnachtsbasteln zu Hause gemacht. Oder vielleicht auch nicht, wenn sie die hübsche Blondine ansah, die mit ihr an dem Tisch mit den unbequem kleinen Stühlen saß.

Immerhin waren die Tische von unnötiger Dekoration verschont worden, sonst müsste sie gleich beim Basteln darauf aufpassen. Bei der Weihnachtsmusik

hatte jemand die Güte besessen, keinen Kinderchor auf-
zulegen.

So sehr Rita ihre Neffen mochte und gerne etwas mit
ihnen unternahm, so wenig fühlte sie sich in großen
Gruppen von Eltern und Kindern wohl. Sie fiel dort immer seltsam auf, obwohl sie sich wirklich Mühe mit ihrem Aussehen und ihrem Verhalten gab. Sie ging auf die
Kinder ein und begab sich auf Augenhöhe, um mit ihnen
zu reden. Sie beantwortete ihre Fragen, ohne zu viel zu
sagen, und machte ihnen Platz, wenn sie vorbei wollten.
Kurz, sie behandelte sie wie Erwachsene, die noch nicht
so groß waren wie sie selbst. Seltsamerweise nahmen
die Kinder daran nie Anstoß, die Eltern dagegen schon.

Rita musterte die Frau, mit der sie heute Nachmittag
am gleichen Tisch basteln würde. Sie hatte sich als Raffaela vorgestellt. Alleine beim Klang des Namens dachte
Rita an Sommer, Sonne und Meer.

In Ritas Augen sah Raffaela dagegen gar nicht entspannt aus.

Im Gegenteil.

Raffaela sah aus, als hätte sie die letzten Wochen zu
wenig geschlafen und keine Zeit für sich selbst gefunden.
Dabei hatte sie immer gedacht, ihre eigene Schwester
sähe abgekämpft aus. Aber gegen Raffaela war Ritas
Schwester geradezu ausgeschlafen und perfekt frisiert.

Trotzdem konnte sie nicht höflich wegschauen.

Irgendetwas an Raffaela zog Ritas Blick immer wieder, wie magnetisch an.

Rita konnte nicht sagen, was es war. Waren es die
blauen Augen mit ihrem Funkeln? Die Tatsache, dass
sie sich auf dem kleinen Stuhl tatsächlich wohlzufühlen
schien? Oder ihre Hand auf der Schulter ihrer Tochter,
die Rita gerne auf ihrer eigenen Schulter gespürt hätte.

Eine Geste, die sagte, ich bin hier, alles ist gut, du kannst dich fallen lassen und mich küssen.

Mit halbem Ohr hörte Rita, wie Lars von seiner zukünftigen kleinen Schwester erzählte und wie Theo erklärte, was Männer und Frauen taten, um ein Kind zu zeugen. Vor einem Jahr wäre sie alleine bei dem Gedanken daran, Kindern Sex zu erklären, rot angelaufen. Nachdem sie aber mindestens ein Dutzend Kinderbücher zu genau dem Thema mit den Jungs gelesen hatte, war ihr jedes Schamgefühl abhandengekommen.

Vorsichtig schaute Rita wieder zu Raffaela hinüber.

Es war nicht nur, was Lars erzählte, es waren auch ihre eigenen Gedanken, die dafür sorgten, dass ihre Wangen sich wärmer anfühlten, als sie sollten.

Ob Raffaela sich wohl am Thema störte? Hoffentlich nicht, denn sonst müsste Rita den ganzen Nachmittag eisige und abschätzige Blicke ertragen. Wenigstens schaute Raffaela bis jetzt nicht böse, sondern hatte ihre Augen geschlossen, als würde sie einen Augenblick der Ruhe genießen und gar nicht zuhören.

»Mama!«, rief Sophia über den Tisch. »Hör mal!«

Raffaela öffnete die Augen und Rita sah, wie sie ein Lächeln für ihr Kind auf ihre Lippen zauberte. Obwohl sie ganz offensichtlich sehr müde war.

Raffaela hatte ihren Arm um die Schultern des größeren Mädchens gelegt und sich ein wenig vorgebeugt. Sie hörte schweigend zu, während die kleine Schwester Frage um Frage an Ritas Neffen stellte. Offensichtlich ganz begeistert von der Idee, eine kleine Schwester zu bekommen.

»Schade, dass Mama keinen Mann mehr hat«, sagte Sophia.

Rita sah, wie Raffaelas Wangen sich sofort rot färbten.

»Deswegen bekomme ich keine kleine Schwester. Ich komme zu euch und spiele mit eurem Baby, ja?«, sagte Sophia.

Raffaela runzelte die Stirn.

Rita fragte sich, woran Raffaela wohl gerade dachte.

»Du kannst dich nicht einfach selbst einladen, mein Schatz«, sagte Raffaela und blickte Sophia aus ihren blauen Augen tadelnd an, bevor Rita etwas sagen konnte.

Offensichtlich hatte sie der Unterhaltung ganz genau zugehört und nicht nur so getan. Etwas, das Rita schon oft bei Erwachsenen beobachtet hatte.

»Außerdem wissen Lars und Theo noch nicht, ob es mit dem Baby klappt und ob es wirklich ein Mädchen wird«, fügte Raffaela hinzu. »Manchmal muss man lange auf ein Baby warten.«

Rita nickte schnell.

»Am besten lassen wir das Thema für heute. In Ordnung, Lars? In Ordnung, Theo?«, fragte Rita und fügte, bevor die beiden antworten konnten, hinzu: »Viel wichtiger ist doch, was wir heute als Weihnachtsgeschenk für eure Eltern basteln.«

»Na gut«, stimmten beide zu, nur um sofort zu fragen: »Was basteln wir denn?«

»Lasst euch überraschen«, sagte Raffaela, bevor Rita sagen konnte, dass sie es nicht wusste.

Raffaela zwinkerte ihr mit einem Grinsen zu. Es schien, dass sie es ebenfalls noch nicht wusste.

Rita lächelte dankbar zurück und fühlte sich ein bisschen überfahren von der schnell laufenden Unterhaltung, während Raffaela – so müde und erschöpft sie im Augenblick auch aussah – damit überhaupt kein Problem zu haben schien. Rita bewunderte sie dafür.

Rita dachte daran, was Sophia als Erstes gesagt hatte. Die Mädchen lebten offensichtlich alleine bei ihrer Mutter. Sie selbst war nach einem Tag mit ihren Neffen erledigt und brauchte Zeit für sich. Wie überlebte Raffaela es, immer für ihre Töchter da zu sein? Ganz sicher nur mit geheimen Superkräften, von denen Rita, ebenso sicher, selbst keine einzige besaß. Sie freute sich schon jetzt auf heute Abend, wenn sie sich ein riesiges Schaumbad einlassen und bei gemütlicher Musik einen Roman im Badewasser lesen würde.

Trotzdem Raffaela mit den dunklen Augenringen sehr müde aussah und ihr blonder Pferdeschwanz offensichtlich in aller Hektik und ohne Blick auf ihr Aussehen gebunden worden war, fand Rita sie anziehend. Am liebsten hätte sie ihren Kamm aus der Handtasche geholt und Raffaela angeboten, sie zu kämmen und ihr den Nacken zu massieren – überall zu massieren. Außerdem war sie ein bisschen neidisch auf Raffaelas Superkräfte. Die hätte sie auch gerne gehabt.

»Herzlich willkommen beim Weihnachtsbasteln«, sagte eine laute Stimme irgendwo hinter Rita und übertönte die Gespräche im Raum. »Liebe Kinder, wir freuen uns, dass ihr alle heute hier seid. Jetzt brauchen wir ein bisschen Ruhe, damit ich das Basteln erklären kann. Bekommt ihr das hin?«

Alle Kinder brüllten ein lautes »Ja«, in den Raum. Danach wurde es erstaunlicherweise leiser.

Rita drehte sich in ihrem Stuhl um, um besser zuhören und sehen zu können.

Sicher hatte Raffaela kein Interesse an einem Flirt, geschweige denn mehr. Obendrein hatte Rita die abschätzigen Blicke von ein paar anderen Müttern und die anerkennenden Blicke der wenigen, anwesenden Väter gesehen, als sie hereingekommen war. Hier fiel sie mit ihren glänzenden schwarzen Locken und ihrem knallroten Lippenstift auf wie ein Pfau in einem Schwarm von Spatzen.

Immerhin, dachte Rita, während sie möglichst konzentriert zuhörte, welches Material sie gleich alles brauchte, und was sie damit tun sollte, hatte Raffaela sie nicht mit eisigen und abschätzigen Blicken bedacht. Das war ein gutes Zeichen dafür, dass der Bastelnachmittag ganz entspannt werden könnte.

Raffaela versuchte erfolglos ein Lachen zu unterdrücken.

Sie schaffte es nicht und kicherte darauf los.

Rita, wie sie mit buntem Glitzer an den klebrigen Fingern dasaß und versuchte, Papierstücke zu einer Kugel zusammenzukleben, die viel lieber an ihren Fingern kleben wollten, sah einfach zu komisch aus. Besonders mit ihrem konzentrierten Gesichtsausdruck.

Raffaela wischte sich mit ihrem Oberarm die Lachtränen aus dem Gesicht und verschaffte sich einen Überblick über den Zustand auf ihrem Gruppentisch.

Maura schnitt, sehr sorgfältig, an der vorgezeichneten Linie entlang, ein Fensterbild aus, hinter das sie später die bunten Schnipsel Transparentpapier kleben wollte, die sie bereits in Streifen gerissen hatte. Es sollte eine bunte Krippe werden.

»Ich schaffe das, Mama«, murmelte Maura, die ganz offensichtlich Raffaelas Blick gespürt hatte.

»Ich weiß, mein Schatz«, sagte Raffaela. »Du machst das hervorragend.«

Dann schaute sie zu Sophia, die, genau wie Rita, eine Christbaumkugel aus Papierstreifen bastelte. Sie verzierte gerade die einzelnen, roten Tonkartonstreifen mit bunten Glasperlen und funkelndem Glitzer und schien damit zufrieden zu sein. Bis das Zusammenkleben zu einer Kugel anstand, würden noch ein paar Minuten vergehen, schätzte Raffaela. Nicht so wie bei Rita, die immer noch an ihrem Bastelmaterial festklebte. Neben Rita saß Lars und machte das Gleiche, mit mehr Erfolg. Seine Kugel nahm bereits Form an.

Raffaela legte das Fensterbild, an dem sie gerade angefangen hatte, die inneren Ecken des Stalls auszuschneiden, auf den Tisch zurück und die Schere beiseite.

Ein neues Weihnachtslied fing an aus den Lautsprechern zu klingen und die rüstige Dame mit den gepflegten Dauerwellen im weißen Haar blieb an ihrem Tisch stehen. Sie beugte sich zu Theo hinunter und erklärte ihm, wie er die Faltschachtel, an der er bastelte, umbauen konnte, sodass Deckel und Boden ineinander passten.

Alle waren versorgt.

Alle, bis auf Rita, die Raffaela gegenüber saß und immer noch verzweifelt versuchte, die Papierstreifen von ihren Fingern loszubekommen und gleichzeitig in eine Kugel zu formen.

»Darf ich dir helfen?«, fragte Raffaela hilfsbereit.

Weniger, weil sie ihr eigenes Fensterbild nicht fertigstellen wollte, sondern vielmehr, weil Rita die Freundlichkeit hatte, sie nicht ein einziges Mal auf ihren Ehestatus anzusprechen. Außerdem war sie gleichermaßen freundlich zu allen Kindern, die am Tisch saßen, und hatte ihren Glitzervorrat mit Sophia geteilt. Das war etwas, das Raffaela selten bei anderen Erwachsenen erlebte, die keine eigenen Kinder hatten. Viele dachten entweder nur an sich selbst, oder, wenn Kinder anwesend waren, dann nur an die, mit denen sie verwandt waren.

»Ja, bitte«, sagte Rita und sah hoch.

Ihr verzweifelter Gesichtsausdruck war gleichzeitig so komisch, sodass Raffaela trotz aller Mühe ein Grinsen nicht unterdrücken konnte.

»So witzig, ja?«, fragte Rita und lächelte sie jetzt auch an.

Eine Frau, die über sich selbst lachen konnte, freute sich Raffaela leise.

»Wenn du es von außen betrachtest, ja. Wenn du diejenige bist, der die Papierstreifen an den Fingern kleben, sicher nicht«, sagte Raffaela.

Rita grinste breiter. Jetzt sah das Lächeln echt aus. Echt und warm und küssenswert.

Wo war der Gedanke hergekommen?

Raffaela blinzelte und runzelte die Stirn.

Sie fand die rot geschminkten, auffälligen Lippen von Rita, die so zauberhaft lächelte, küssenswert?

Ganz sicher war sie einfach so übermüdet, dass sie eingeschlafen war und träumte.

Raffaela schüttelte den Kopf. Die Haare aus ihrem Pferdeschwanz schlugen abwechselnd rechts und links gegen ihre Ohren.

»Erst einmal sammeln wir alle Papierstreifen von deinen Fingern«, sagte Raffaela, um sich von ihren eigenen Gedanken abzulenken. Davon konnte sie heute Nacht träumen. In ihrem Bett. Wenn keine Gefahr bestand, dass sie ihre heimlichen Wünsche versehentlich laut aussprach.

Sie streckte ihre Arme über den Tisch zu Rita aus.

Rita streckte Raffaela ihre eigenen Hände entgegen.

Um die Papierstreifen nicht wie Pflaster abzureißen und dabei vielleicht zu zerreißen, legte Raffaela eine Hand um Ritas Finger und auf ihre warme, weiche, glatte Haut.

Scharf zog Raffaela die Luft ein. Ihre eigenen Finger waren rau vom vielen Waschen und Putzen und der Arbeit. Ganz sicher war die Berührung für Rita nicht angenehm. Ohne aufzusehen, zog sie zügig einen Papierstreifen nach dem anderen ab und legte sie nebeneinander auf den Tisch.

Dabei ließ es sich nicht vermeiden, dass sie über Ritas Finger strich und ihre Hände hierhin und dorthin drehte.

Als Raffaela endlich den letzten klebrigen Papierstreifen abgezupft hatte, schlug ihr Herz so schnell, als hätte sie gerade einen Sprint von ihrer Haustüre zur nächsten Bushaltestelle, zwei Straßen weiter, hingelegt. Ganz sicher war ihr Gesicht so rot, wie sich ihre Haut heiß anfühlte.

Sie wollte Ritas Hände nicht loslassen. Darum drehte Raffaela sie nochmals sorgfältig in alle Richtungen, um ganz sicherzugehen, dass sie keinen Papierstreifen vergessen hatte.

»Du hast alle erwischt«, murmelte Rita, drehte ihre Hände um und strich mit ihren weichen, warmen Fingerspitzen sachte über Raffaelas Handfläche.

Raffaelas Mund wurde trocken. Sie leckte sich mit der Zungenspitze hastig über ihre trockenen Lippen. Sie brauchte dringend etwas zu trinken.

»Dankeschön«, sagte Rita, ohne ihre Hände loszulassen.

»Mama, wie geht es weiter?«, fragte Sophia.

Hastig riss Raffaela ihre Finger zurück. Sie hörte wieder die Weihnachtsmusik und das Stimmengewirr, zusammen mit dem Rascheln und Reißen von Papier, das den Raum erfüllte. Es war, als wäre sie von einer ruhigen Oase zurück in das Chaos ihrer Realität gerissen worden. Sophia wedelte mit ihren Papierstreifen vor ihrem Gesicht herum. Offensichtlich hatte Raffaela ihre erste Bitte um Hilfe überhört.

»Zeig mal her, mein Schatz«, sagte Raffaela und versteckte ihre Hände unter der Tischplatte in ihrem Schoß. Die Stellen, an denen Rita sie berührt hatte, spürte sie immer noch warm und kribbelnd.

Ein Gefühl, das sie nicht gleich verlieren wollte.

Ein Gefühl, das sie wieder spüren wollte.

»Wie gehen die Streifen zusammen?«, fragte Sophia nochmal und schaute Raffaela aus großen Augen an.

Raffaela verdrängte jeden Gedanken an Rita. Was gar nicht einfach war, schließlich saß sie ihr gegenüber an diesem kleinen Gruppentisch.

Trotzdem schaffte sie es, sich auf Sophia und die Papierstreifen für die Christbaumkugel zu konzentrieren. Streifen für Streifen erklärte Raffaela Sophia die Anleitung nochmals. Immer nur den nächsten Schritt, wenn Sophia den vorherigen umgesetzt hatte. Langsam nahm die Kugel auf dem kleinen Schultisch Form an.

»Jetzt machst du das Gleiche mit allen restlichen Streifen«, sagte Raffaela schließlich, als das Grundgerüst fertig war und nur noch darauf wartete, um die übrigen Streifen ergänzt zu werden, sodass es wie eine festliche Kugel aussah.

Sophia nickte und beugte sich über ihr Kunstwerk.

Raffaela drehte sich, den Blick auf Rita sorgfältig meidend, zu Maura.

»Du hast den Rahmen für das Fensterbild sehr schön ausgeschnitten«, sagte Raffaela zu Maura, die auch fast alle Innenfenster bereits ausgeschnitten hatte. »Bald kannst du mit dem Transparentpapier anfangen.«

Maura sah hoch und lächelte sie kurz an, bevor sie sich wieder auf das Ausschneiden konzentrierte. Offensichtlich hatte sie ebenfalls Spaß am Basteln.

Raffaela schaute auf ihr eigenes Fensterbild, leckte sich über ihre trockenen Lippen und holte sich zuerst ihre Flasche mit Wasser aus dem Rucksack. Sie konnte es nicht riskieren, in Flammen aufzugehen, während sie mit Rita an diesem Tisch saß. Auch wenn Rita ganz sicher kein Interesse an ihr hatte, konnte Raffaela an nichts anderes denken, wie daran, ihre Hände wieder zu berühren.

Hastig schraubte Raffaela den Deckel ihrer Trinkflasche auf und hob sie an ihren Mund.

Rita schaute Raffaela beim Trinken zu, wie sie die Flasche hochhob und den Kopf leicht in den Nacken legte, wobei ihr schöner Hals betont wurde.

Die Papierstreifen, die sie zu einer Kugel formen wollte, lagen vor ihr auf dem Tisch. Vergessen.

Zu gerne hätte sie Raffaela Küsse auf ihren Hals gehaucht und auf ihrem Gesicht verteilt. Sie spürte jede Stelle auf ihrer Hand, über welche die rauen Fingerspitzen von Raffaela gestrichen waren.

Rita hätte es nie gedacht, aber sie hatte sich gerade in eine alleinerziehende Mutter verliebt. Bei einem Kinderbasteln. Sehr sicher würde Raffaela überhaupt kein Interesse an ihr haben. Schließlich war sie, wie ihre beiden Kinder deutlich bewiesen, offensichtlich an Männern interessiert.

Andererseits, Rita musterte die geröteten Wangen von Raffaela und dachte an die Tatsache, dass Raffaela plötzlich ihrem Blick auswich. Da schien Raffaela die Berührung nicht ganz gleichgültig gewesen zu sein.

Rita konnte sich nicht daran erinnern, dass eine andere Frau jemals so sanft und zärtlich ihre Hände berührt hatte. Mit so viel Liebe, mit so viel Zärtlichkeit, mit so viel forschender Verwunderung, wie Raffaela es getan hatte. Die festgeklebten Papierstreifen, da war sich Rita sicher, hätte sie auch schneller und mit weniger Umsicht entfernen können.

Was sollte sie tun? Raffaela direkt fragen, ob sie interessiert war an einer Beziehung?

Rita verwarf den Gedanken sofort wieder, während sie Raffaelas Finger beim Zuschrauben der Edelstahlflasche beobachtete. Sie wollte diese geschickten Finger wieder auf ihren Händen spüren. Das raue Gefühl, das dieses herrliche Prickeln auf ihrer Haut hervorrief und wie ein wohliger Schauder durch ihren ganzen Körper rieselte.

Leider war ein Bastelnachmittag im Advent mit ihren Neffen und den Töchtern von Raffaela nicht der Ort, an dem sie sich ihren eigenen Wünschen hingeben konnte.

Rita senkte ihren Blick auf die Papierstreifen, die vor ihr lagen. Der Kleber hatte aufgehört zu glänzen und schien getrocknet zu sein. Es war Zeit für einen weiteren Versuch, die Kugel zu formen.

»Soll ich dir helfen?«, fragte Sophia von der Seite.

Sie hielt Rita ihre Kugel hin. Es war ein Kunstwerk aus Perlen, Pailletten und Glitzer, unter dem das Papier kaum noch zu sehen war. Außerdem war die Kugel mehr zu einem unförmigen Ei geraten.

»Sehr gerne«, sagte Rita. »Was muss ich tun?«

Sie hörte Sophia zu und machte, so gut sie konnte, was das Mädchen ihr erzählte. Erstaunlicherweise nahm die Kugel tatsächlich Form an und die Papierstreifen blieben nicht wieder an ihren Fingern kleben.

»Super«, rief Sophia, als Rita den letzten Papierstreifen festklebte. »Schau mal, Mama, unsere Kugeln sind fertig.«

Mit klopfendem Herzen wartete Rita auf Raffaelas Urteil zu ihrer Kugel, die alles andere als perfekt war. Genau wie sie selbst.

Raffaela schaute sehr sorgfältig erst die Kugel in Sophias Hand und dann die Kugel in Ritas Hand an. Sie lächelte ein strahlendes Lächeln und sagte: »Eure Kugeln sind genau richtig, um den Weihnachtsbaum zu dekorieren.«

Sophia jubelte, stand auf und lief davon in Richtung Materialtisch, um sich neues Bastelmaterial für eine zweite Kugel zu holen.

»Soll ich ihr nachgehen?«, fragte Rita.

Raffaela schüttelte den Kopf.

»Sie holt sich Material für ihr nächstes Weihnachtskunstwerk. Du wirst eher bei dem Fensterbild gebraucht«, sagte Raffaela und nickte zu Lars.

Rita schaute auf den Bereich, an dem Lars arbeitete. Er mühte sich gerade, die inneren Ecken des Fensterbildes auszuschneiden.

»Stimmt«, murmelte Rita. Lauter sagte sie zu Lars: »Kann ich dir helfen, oder willst du es alleine weiter versuchen?«

»Helfen«, sagte Lars.

Er schob Schere und Papier zu Rita.

»Das Papier will sich nicht schneiden lassen.«

»Ich hole mir neues Papier«, sagte Theo, stand auf und verschwand, ohne auf eine Antwort zu warten.

Perplex sah Rita ihm einen Moment nach. Die Türe hinaus auf den Schulhof war geschlossen. Theo würde den Weg zurück an ihren Tisch finden. Sie wandte sich Lars und seinem Fensterbild zu, während Raffaela schon wieder auf ihre eigene Papierarbeit konzentriert war. Es war erfrischend, dass sie nicht die ganze Zeit beurteilend auf sie schaute, fand Rita.

Während Rita Lars erklärte, wie er mit der Schere Löcher in das Papier machte und von dort aus die Innenstücke ausschneiden konnte, hatte sie plötzlich das Gefühl, beobachtet zu werden. Nicht von Raffaela, sondern von Maura, wie sie mit einem Seitenblick bemerkte. Maura, die immer noch still neben ihrer Mutter saß und inzwischen alle Innenflächen aus ihrem Fensterbild ausgeschnitten hatte.

Als Rita hochsah, um etwas zu sagen, schaute Maura schnell wieder auf ihren Tonkarton und griff nach einem Streifen Transparentpapier. Offensichtlich wollte sie nicht reden.

Also konzentrierte Rita sich darauf, Lars zu helfen und dann Theo zuzusehen, der eine weitere Schachtel faltete. Sie schaute nicht in Mauras Richtung, obwohl sie deren forschenden Blick immer wieder auf sich spürte. Es war fast so, als hätte das Mädchen ihr Interesse an ihrer Mutter erkannt.

Wie peinlich! Sie flirtete doch nicht so auffällig, dass Kinder es bemerkten!

»Ich werde so viele Schachteln falten, dass ich nächstes Jahr einen eigenen Adventskalender damit füllen kann«, erklärte Theo mit leuchtenden Augen und roten Wangen.

Rita brummte zustimmend und schaute auf die Schachteln, die Theo bereits vor sich aufgereiht hatte. Das würde noch eine Weile dauern, bis er fertig war mit dem Basteln.

Rita rieb sich über ihre eigene, warme Stirn. Es war sehr warm im Musiksaal. Sicher hatte sie genauso gerötete Wangen wie Theo. Wegen der Wärme, wegen Raffaelas Berührung und wegen ihrer eigenen Gedanken.

Wie konnte sie es schaffen, Raffaela nach dem Basteln heute nochmals zu treffen? Einfach nach der Telefonnummer fragen? Wo sie selbst keine eigenen Kinder hatte? Wäre das nicht zu direkt? Besonders, nachdem Maura sie die ganze Zeit schon beobachtet hatte?

Rita sah auf ihrem Smartphone auf die Uhr. Sie hatte noch eine Stunde Zeit, sich etwas zu überlegen, bevor das Basteln vorbei war und Raffaela ansonsten für immer aus ihrem Leben verschwinden würde.

»Fertig«, sagte Raffaela ihr gegenüber und hielt ihr Fensterbild in Richtung Decke, als würde sie den Lichtdurchfall prüfen.

Rita konnte den Blick nicht abwenden. Raffaela war einfach strahlend schön, wie sie gerade lächelte und sich über ihr fertiges Fensterbild freute.

»Wollen wir Telefonnummern tauschen? Wir könnten uns zu einem weiteren Bastelnachmittag bei mir verabreden«, sagte Rita, bevor sie wusste, was sie sagte.

Bastelnachmittag? Bei ihr? Sie hatte noch nicht einmal eine Idee, was sie basteln wollte, mit vier Kindern. Sie wusste nur, dass sie Raffaela unbedingt wieder sehen wollte.

Raffaela sah sie lange an und hob eine Augenbraue.

Natürlich, dachte Rita, Raffaela sieht, wie miserabel meine Baumkugel geworden ist, und weiß genau, dass ich nicht gut basteln kann.

»Oder zum Backen. Es muss ja nicht immer das Gleiche sein. Ich backe wirklich gerne«, sagte Rita hastig, als sie sah, wie Raffaelas Blick zu der Papier-Christbaumkugel wanderte, die sie selbst gebastelt hatte.

Rita gab sich keiner Illusion hin. Ein Meisterwerk war ihre Kugel nicht geworden. Im Gegensatz zu dem Fensterbild, welches Raffaela gerade in den Händen hielt und langsam zurück auf den Tisch legte.

»Tante Ritas Plätzchen sind die besten«, sagte Theo.

»Darf ich auch zum Backen kommen?«, fragte Leon und fuhr ohne eine Antwort abzuwarten fort: »Kann Sophia auch kommen? Dann können wir ein riesiges Lebkuchenhaus zusammen ausstechen.«

Rita lachte. Das Lob ihrer Neffen wärmte ihr Herz und machte sie stolz. Dafür stand sie, seit die beiden Plätzchen mochten, jedes Jahr im Dezember wieder in der Küche und backte Plätzchen mit ihnen. Auch, wenn sie danach die gesamte Küche komplett reinigen musste, weil das Mehl überall gelandet war.

Ritas Herz schlug bis zum Hals, während sie auf Raffaelas Antwort wartete.

Raffaela strich mit ihren Fingerspitzen über ihr Fensterbild. Die Pappe war glatt und eben. Das Transparentpapier fühlte sich ein wenig dünner und fragiler an, als die Pappe, hinter die sie geklebt worden war.

Plätzchenbacken mit Rita und ihren Neffen überlegte sie und achtete darauf, dabei nicht an ihrer Unterlippe zu nagen. Vier Kinder beaufsichtigen statt zwei, dafür aber eine weitere Erwachsene als Hilfe haben. Eine, Raffaela blinzelte kurz in Ritas Richtung, die sie lieber für sich alleine gehabt hätte, um über ihren Wunsch nach Berührung zu sprechen und herauszufinden, was Rita dachte.

Raffaela schaute von Theo und Leon, die begeistert planten, welche Plätzchen sie backen wollten, zu Sophia, die bereits voll in die Planung eingestiegen war und eigene Lieblingsrezepte hinzufügte. Maura dagegen saß still und schweigend neben Raffaela und beteiligte sich nicht am Gespräch. Sie schnitt auch keine Innenstücke an ihrem Fensterbild mehr aus. Sie beobachtete alles und hörte aufmerksam zu. Ganz besonders genau schien sie Rita zu beobachten, fand Raffaela. Was Maura wohl sah, fragte sich Raffaela und schaute wieder zu Rita hinüber, die mit ihren schwarzen Haaren und den roten Lippen so anziehend aussah.

Die Einladung zum Backen würde bedeuten, dass sie Rita wiedersehen konnte, auch wenn sie nicht alleine waren und über diese seltsame Anziehung reden konnten, welche Raffaela spürte. Sie wollte Rita wiedersehen, alleine der Gedanke daran ließ ihre Finger kribbeln und sie wollte so gerne ja sagen.

»Was meinst du, Maura?«, fragte Raffaela stattdessen.

Schließlich war sie für zwei Kinder verantwortlich. Sie durfte nicht einfach an sich denken. Besonders nicht, wenn sie plötzlich seltsame Wünsche hatte, wie die Hände einer anderen Frau zu streicheln, die sie heute zum ersten Mal sah. Sie konnte sich nicht einfach ihre eigenen Wünsche erfüllen. An erster Stelle standen ihre Töchter!

»Willst du mit Rita, Theo und Leon gemeinsam Weihnachtsplätzchen backen?«, fuhr Raffaela an Maura gewandt fort.

Raffaela zwang sich dazu, gleichmäßig weiterzuatmen. Maura war wichtiger als ihre eigenen Gefühle. Die hatten sie bei ihrem Ex-Mann schon einmal in die Irre geführt. Einem Ex, der die Kinder nicht einmal in der Weihnachtszeit sehen wollte, weil das neue Baby wichtiger war als seine Töchter aus erster Ehe.

Maura nickte langsam und murmelte ein zustimmendes »ja«, dass Raffaela gerade so verstehen konnte.

Erleichtert atmete sie ein. Ihr eigenes Herz schlug plötzlich schneller. So als wäre sie gerade so schnell, sie konnte um das Schulgelände gerannt.

Sie wandte sich wieder Rita zu. Am liebsten hätte sie diese vor Freude geküsst. Etwas, das ihr schon lange nicht mehr passiert war.

»Vielen Dank für die Einladung, Rita«, sagte Raffaela und versuchte ihre eigene Stimme normal und gleichmäßig klingen zu lassen.

Trotzdem hörte sie sich in ihren eigenen Ohren hoch und atemlos an.

»Wir können Telefonnummern tauschen und heute Abend Kalender vergleichen«, sagte Raffaela.

»Sehr gerne.« Rita lächelte.

Am liebsten hätte Raffaela sich an ihre Schulter angelehnt und mit ihren Fingerspitzen Ritas rote Lippen berührt, um zu sehen, ob sie genauso weich waren, wie ihre Finger.

»Ich habe mir alle Sonntage vor Weihnachten für meine Neffen frei gehalten. Wenn einer der beiden verbleibenden Sonntage für dich passt, haben wir einen Termin«, sagte Rita.

Raffaela wiegte den Kopf und dachte nach. Sie hatte so viele Aufgaben zu erledigen, zu denen sie an den Wochentagen nicht kam, da war kein freier Sonntag in ihrem Kalender. Sie würde sehen müssen, welche Aufgaben verschoben werden konnten. Immerhin überlegte sie, konnte sie die Küche putzen, nach dem Backen von der Liste streichen, wenn sie zu Rita ginge. Wobei sie vermutlich dann dort putzen würde.

Raffaela unterdrückte ein Seufzen und suchte nach einer Ablenkung von ihren Gedanken. An ihren Kalender wollte sie lieber nicht denken, und an Ritas Lippen sollte sie jetzt besser nicht denken. Sie sah sich auf ihrem Gruppentisch um und entdeckte die Schachteln, die Theo vor sich stapelte.

»Wenn du vierundzwanzig Schachteln falten willst, musst du dich beeilen, Theo«, sagte Raffaela und sah auf die Uhr, »das Basteln dauert nur noch eine halbe Stunde.«

Neben ihr beugte sich Maura wieder über ihr Fensterbild und klebte einen gelben Streifen Transparentpapier auf. Sie würde in aller Ruhe rechtzeitig fertig werden.

»Wir backen gemeinsam Plätzchen«, jubelte Sophia und rutschte aufgeregt auf ihrem Stuhl herum.

»Sophia, pass auf, dass der Stuhl nicht mit dir zusammen umkippt«, sagte Raffaela und fiel in das Lachen ihrer Tochter ein. »Was bastelst du gerade?«

»Eine Schachtel für Theo«, sagte Sophia und hielt einen schief gefalteten Schachtelboden und einen Deckel hoch. »Aber es passt nicht zusammen.«

Aus dem fröhlichen Gesicht wurde eine trübe Schnute.

»Das ist mir auch passiert«, sagte Theo, schob seinen Stuhl zurück und ging um den Gruppentisch herum, »schau, so reparierst du das.«

Raffaela stützte ihr Kinn auf ihre Handfläche und sah zu, wie Theo Sophia erklärte, was sie anders machen sollte, damit der Schachtelboden mit dem Deckel zusammenpasste. Die beiden schienen sich bereits hervorragend zu verstehen. Vielleicht, überlegte Raffaela, könnten sich die beiden auch mal nach der Schule treffen. Groß genug, um alleine auf den Spielplatz zu gehen, war Sophia längst. Dann würde sie nicht alleine zu Hause warten müssen, bis Raffaela Feierabend hatte und nach Hause kam. Die Frage war nur: Mit wem könnte sie Maura verabreden? Die wäre sonst vollends alleine zu Hause.

Aus den Lautsprechern des Musiksaals klingelten viele Glöckchen für das nächste Weihnachtslied und rissen Raffaela aus ihren Gedanken. Sie setzte wieder ihr Lächeln auf und holte ihr Smartphone aus ihrem Rucksack.

»Lass uns Telefonnummern tauschen, sonst klappt es mit dem Anrufen heute Abend nicht«, sagte Raffaela und öffnete einen neuen Kontakteintrag. »Hier, trag dich ein und ich klingle dich an.«

Sie reichte ihr Smartphone über den Tisch. Bei der Übergabe strichen Ritas Fingerspitzen über Raffaelas.

Raffaela schluckte den Kloß in ihrem Hals herunter.

War es Zufall oder Absicht, dass Ritas Finger über ihre gestrichen waren?

Es schien, als ob Rita sich auch wünschte, ihre Finger wieder auf ihren zu spüren. Konnte das sein? Sie würde sie fragen müssen, um es sicher zu wissen. Aber ganz sicher nicht hier und jetzt, während die Kinder zuhörten.

Vielleicht heute Abend am Telefon, sobald die Kinder im Bett lagen und schliefen.

Während Rita tippte, schob Raffaela die Papierreste von ihrem Fensterbild zusammen, damit sie diese gleich in den Müll räumen konnte.

Die Weihnachtsmusik aus dem Lautsprecher übertönte inzwischen wieder den Lärm im Musiksaal.

Rita sah sich um. Einige Tische hatten sich bereits geleert und die Kinder an ihrem eigenen Tisch waren auch leiser geworden. Ein untrügliches Zeichen dafür, dass sie müde wurden und die gute Stimmung bald in hungriges Jammern umschlagen würde. Der Bastelnachmittag ging seinem Ende entgegen.

Wie gut, dass Raffaela ihr gerade ihr Smartphone gereicht hatte.

Rita konnte kaum glauben, wie erleichtert sie sich fühlte, als sie Raffaelas Finger berühren konnte, um ihr das Smartphone abzunehmen. Es war nur eine flüchtige, kleine Berührung, aber sie war trotzdem so schön wie zuvor. Fast war sie versucht, noch eine Baumkugel anzufangen und sich wieder alle Papierstreifen an den Fingern festzukleben.

Natürlich nur, damit Raffaela sie wieder abziehen konnte.

Das war keine Option, aber dafür hielt sie jetzt das Smartphone von Raffaela in der Hand, das in eine knallrote Hülle eingepackt war, und tippte ihren Namen und ihre Telefonnummer in den neuen Kontakteintrag. Im Notizfeld trug sie gleich ihre Adresse ein, schließlich würden sie bei ihr backen. Da musste Raffaela auch zu ihr finden.

Hoffentlich, überlegte Rita, will sie danach noch häufiger zu mir finden.

»Fertig«, sagte Rita und reichte das Smartphone zurück an Raffaela.

Dabei nutzte sie die Gelegenheit, wieder ihre Fingerspitzen zu streifen und zu beobachten, wie Raffaela ganz kurz die Augen schloss und ein winziges, genießerisches Lächeln auf ihrem Gesicht erschien.

Sie hatte sich nicht getäuscht, dachte Rita glücklich. Raffaela empfand ihre Berührung nicht nur als Berührung, sondern spürte mehr darin.

»Hast du ein Lieblingsrezept, das du gerne backen willst?«, fragte Rita, um bei unverfänglichen Themen zu bleiben, die für Kinderohren geeignet waren. »Wenn du es mir schickst, kann ich alle Zutaten besorgen. Lass mich auch wissen, ob es Allergien gibt, auf die ich achten soll.«

Raffaela nickte.

Bevor sie antworten konnte, schallte ein scharfes Klatschen durch den Raum und übertönte die Musik.

»Noch zehn Minuten, dann räumen wir alle auf«, rief die Organisatorin durch den Raum.

»Aber ich bin noch nicht fertig«, protestierte Theo.

Rita schaute auf seine Schachtelsammlung. Mithilfe von Sophia war sie bereits auf zwölf Schachteln angewachsen.

»Ich kann eine Schachtel falten«, sagte Raffaela.

»Ich auch«, sagte Leon.

Rita konnte ihren Neffen nicht traurig nach Hause gehen lassen. Sie nahm ein buntes Papier von seinem Stapel und faltete die Schachtel nach seiner Anleitung.

Sie knickte, bog und schob Kanten zusammen. Papier für Papier, während um sie herum an anderen Tischen Stühle gerückt wurden, und es im Saal immer leiser wurde, bis sie tatsächlich den Text des Weihnachtsliedes verstehen konnte. Immer wieder wehte ein eisiger Wind um ihre Füße. Ein Zeichen dafür, dass wieder jemand gegangen war.

Trotzdem faltete Rita weiter Schachteln für ihren Neffen.

Raffaela stand von dem kleinen Grundschulstuhl auf und streckte sich. Sie waren die letzte Gruppe, welche noch bastelte, und die Organisatorin räumte, um sie herum, bereits fleißig auf. Die gute Frau hatte offensichtlich erkannt, dass sie alle fieberhaft daran falteten, Theo seinen Wunsch zu erfüllen.

Raffaelas Muskeln zogen und brannten leicht. Sie protestierten gegen das Strecken. Der kleine Stuhl war einfach nicht das Richtige für stundenlanges Sitzen.

Sie betrachtete die Tischplatten. Der Turm aus Schachteln wurde immer größer, bald wären vierundzwanzig Schachteln erreicht. Zeit für sie, beim Aufräumen zu helfen. Zu Hause wartete noch Hausarbeit auf sie und die Kinder mussten duschen.

Raffaela wischte die Papierreste von ihrem und Mauras Platz zusammen und trug sie zum Papierkorb. Ihr hastig zusammengebundener Pferdeschwanz wippte bei jedem Schritt. Es war eine ständige Erinnerung daran, dass sie sich weder hübsch gemacht hatte, noch anziehend aussah. Sicher war es Wunschdenken von ihr, wenn sie das Gefühl hatte, dass Rita sich für sie interessierte.

Andererseits hatte Rita ihr ihre Telefonnummer gegeben und einen gemeinsamen Nachmittag zum Backen vorgeschlagen. Raffaela holte ihr Smartphone wieder aus ihrer hinteren Hosentasche und wählte den neuen Kontakt aus. Schließlich musste sie es noch bei Rita klingeln lassen, damit sie ihre Nummer ebenfalls bekam.

Raffaela ließ es zweimal klingeln und legte auf. Dann schrieb sie eine Kurznachricht: »Orga. Telefonieren heute um halb zehn?«

»Mama, wir sind fertig!«, rief Sophia quer durch den Raum, in dem sie mit der Organisatorin jetzt alleine waren.

Raffaela steckte ihr Smartphone zurück in die hintere Hosentasche und eilte durch den Raum zurück an ihren gemeinsamen Tisch. Rita lächelte ihr entgegen. Trotzdem konzentrierte Raffaela sich auf Sophia.

»Das ist wunderbar, mein Schatz«, sagte Raffaela und strich Sophia über den Kopf. Ihre Haare waren weich und sie duftete warm und vertraut.

»Sehr gut, dann hurtig, hurtig, aufräumen«, sagte die Organisatorin und schob eine weitere Tischgruppe auseinander.

Das Scharren der Tischbeine auf dem Boden übertönte die Weihnachtsmusik aus den Lautsprechern.

»Die Reste in den Müll. Das Material, das noch verwendet werden kann, zurück auf den Stapel. Die Tische in Reihen anordnen und einmal durchfegen bitte«, ratterte sie die Anweisungen herunter.

»Ich will nicht aufräumen«, maulte Leon.

»Wir sind die letzten, wir helfen beim Aufräumen«, sagte Rita, griff nach den unbenutzten Faltpapieren, hielt sie ihm hin und deutete auf weiteres Bastelmaterial, »hier, leg das Papier, die Klebeflaschen und die Scheren zurück.«

Raffaela sah, wie Sophia sich ans Helfen machte und Maura durch den Raum ging und der Organisatorin half, die Tische zu tragen, damit sie nicht über den Boden geschoben werden mussten. Rita schien das Aufräumen an ihrem Teil des Tisches im Griff zu haben, also half Raffaela ebenfalls mit Maura dabei, die Tischreihen wiederherzustellen.

Schneller als gedacht, war der Musiksaal ausgefegt und die Musik wurde abgestellt. Schweigen kehrte ein.

»Vielen Dank für die Organisation«, sagte Raffaela, »und noch einen schönen Advent.«

Die Organisatorin nickte und winkte sie zur Türe hinaus, während sie die Materialien in einem Schrank einschloss.

Raffaela schob ihre Töchter zur Türe hinaus in den kalten Winterspätnachmittag, in dem es bereits sehr dämmrig war. In ein paar Minuten würde die Dämmerung in die Nacht übergehen. Die Straßenlaternen waren bereits angeschaltet und tauchten den Schulhof in ein schemenhaftes Licht.

Zeit, zügig nach Hause zu gehen und Abendessen zu machen. Schließlich war am nächsten Tag wieder zur ersten Stunde Schule und Arbeit angesagt.

Draußen winkte Sophia Theo und Leon zu und rief: »Bis zum Plätzchen backen.«

Raffaela lachte und winkte Rita und ihren Neffen zu, die in die entgegengesetzte Richtung vom Schulhof gingen und zurückwinkten.

Die kalte Luft ließ sie frösteln.

»Gehen wir, bevor wir festfrieren«, sagte Raffaela.

Sie nahm ihre Töchter bei den Händen und ging los. Beide liefen neben ihr her. Kurz darauf machte Sophia sich wieder los und hüpfte voraus.

»Mama, was willst du mit Rita? Das ist eine Frau«, sagte Maura und kickte mit dem Schuh einen Schnee-matschhaufen platt.

Raffaela stolperte beinahe über ihre eigenen Füße.

Der Schneematsch spritzte, und in ihrem Rucksack rumpelten die leeren Dosen und die Flasche, während sie mit ihrem freien Arm rudernd um ihr Gleichgewicht rang.

War sie so offensichtlich gewesen, mit ihren Bli-cken und den Berührungen der Fingerspitzen? Oder war Maura einfach eine sehr gute Beobachterin, die nicht nur sah, was da war, sondern auch noch sah, was unsichtbar war?

»Wie bitte?«, fragte Raffaela, um zu verstehen, was Maura wollte, und um Zeit zu gewinnen.

Sie wusste selbst nicht so genau, was sie wollte. Schließlich sagte sie sich seit Jahren, dass für eine Beziehung zu einem Mann kein Platz in ihrem Leben war. Dass auf einmal eine Frau auftauchen und sie interessieren könnte, damit hatte sie nicht gerechnet.

»Du hast mit ihr geflirtet, so wie Laura mit Timo«, sag-te Maura und es klang mehr als anklagend. »Bestimmt hast du bald nur noch Zeit für sie.«

Maura klang sehr klein und äußerst einsam, als sie das sagte.

Raffaela schauderte einmal vor Kälte und dann vor Angst, dass Maura noch stiller werden könnte, wenn sie jetzt das Falsche sagte.

Es schien, als hätte Maura Angst, auch von ihr ver-lassen zu werden. Wie hatte sie das übersehen können?

Vielleicht nur, weil sie nie auf die Idee gekommen wäre, ihre Kinder zurückzulassen, wie ihr Ex es getan hatte? Sie legte einen Arm um Mauras Schultern. Die dicken Winterjacken knisterten, als sie gegeneinander gedrückt wurden, und Maura ging enger neben ihr.

»Ich bleibe bei dir und du bei mir, solange du willst«, sagte Raffaela und küsste Maura auf die Stirn.

»Wer sind Laura und Timo?«, fragte Raffaela weiter.

Egal was sie sagen würde – nicht dass sie selbst eine Antwort auf die Frage hatte – sie musste erst einmal herausfinden, was Maura am Flirten so schlimm fand, dass sie gleich dachte, sie würde deshalb ihre Mutter verlieren.

»Klassenkameraden. Jede Pause stehen sie zusammen in einer Ecke und haben keine Zeit, mit uns zu spielen«, sagte Maura leise.

Raffaela atmete erleichtert ein, während sie Sophia zusah, die vor ihnen her durch die Matschpfützen hüpfte, in denen sich das Licht der Straßenlaternen spiegelte und die Kälte gar nicht zu spüren schien. Sie führte Maura um die Pfützen auf dem Gehweg herum. Ganz so erleichtert war sie nicht, denn warum interessierten sich Viertklässler bereits für Beziehungen mit dem anderen Geschlecht? Andererseits wusste sie jetzt, wo das Problem lag, und konnte mit Maura reden. Sie dachte einen Moment nach, bevor sie antwortete.

»Ich werde immer Zeit für dich schaffen, Maura«, sagte Raffaela schließlich. »Selbst wenn ich irgendwann wieder einen Partner oder eine Partnerin finde.«

Raffaela sah Ritas Gesicht mit dem einladenden Lächeln vor ihrem inneren Auge aufblitzen.

»Gemeinsam basteln und sich zum Backen treffen heißt nicht, dass ich in Zukunft meine Freizeit nur noch mit Rita verbringe«, sagte Raffaela langsam. Sie musste sichergehen, dass Maura das verstand. Auf keinen Fall wollte sie, dass ihre Große sich zurückgewiesen fühlte.

Maura ging immer noch mit gesenktem Kopf neben ihr her. Immerhin hatte sie sich nicht aus der Umarmung gewunden.

»Magst du Theo und Leon nicht?«, fragte Raffaela vorsichtig, falls es noch mehr Einwände gab.

Maura zuckte mit den Schultern. Ganz offensichtlich hatte sie keine Lust mehr zu weiteren Gesprächen. Etwas, das in letzter Zeit immer häufiger der Fall gewesen war.

Raffaela unterdrückte ein Seufzen, setzte ein Lächeln auf und begann über das Abendessen zu sprechen. Sie sollte früher zu Hause sein und mehr Zeit mit ihren Kindern, besonders Maura, verbringen. Aber ihre Wochenstundenzahl bei der Arbeit zu kürzen würde heißen, dass ihnen Geld am Monatsende fehlte, weil ihr Ex-Mann die Unterhaltszahlungen verweigerte.

Am liebsten hätte sie mit den Füßen aufgestampft und ihren Frust und ihre Wut in die Welt hinausgeschrien.

Raffaela tat es nicht. Es würde ihr nur eine mit Schneematsch verspritzte Hose und erschreckte Kinder bescheren.

Rita lag auf ihrem bequemen Sofa und schaute auf ihr Smartphone. Es lag auf dem freigeräumten Couchtisch neben ihrem Kalender, den sie, ganz altmodisch, noch auf Papier führte. Sie mochte das Gefühl, auf Papier zu schreiben, Einträge zu machen, zu radieren und gegebenenfalls durchzustreichen. Die Spuren, welche zurückblieben, erzählten ihr, wie ihre Planung entstanden war. Im Gegensatz zu einem elektronischen Kalender.

Rita schüttelte den Kopf über sich selbst.

Wo waren nur ihre Gedanken hingewandert?

Hoffentlich rief Raffaela sie wirklich an, um einen Termin zum gemeinsamen Plätzchenbacken zu vereinbaren.

Rita sah auf die Uhr am Bildschirm. Dreiviertel zehn. Ob die Kinder noch nicht eingeschlafen waren? Oder hatte Raffaela es sich anders überlegt?

Rita nahm das Smartphone in die Hand und wählte den neu angelegten Kontakteintrag aus. Das Profilbild wurde von dem grünen Standardkreis mit den Initialen gefüllt. Sie hatte noch nicht einmal ein Foto von Raffaela.

Sollte sie anrufen?

Oder war es besser, weiter zu warten?

Was, wenn sie anrief und das Klingeln die beiden Mädchen aufweckte?

Entschlossen legte sie das Telefon zurück auf die Tischplatte.

Sie würde weiter warten und hoffen.

Rita verknotete ihre Finger ineinander und entknotete sie wieder. Sie fuhr sich durch ihre Haare, die heute, so zerzaust, niemand mehr sehen würde. Wieder verknotete sie ihre Finger, während sie auf Raffaelas Anruf wartete.

Rita dachte an ihre vergangenen Beziehungen. Bisher hatte sie sich immer Frauen ohne Kinder als Partnerinnen ausgesucht. Kinder bedeuteten einfach eine zusätzliche Organisation, vor der sie sich bisher gescheut hatte. Aber Raffaela wollte ihr einfach nicht aus dem Kopf gehen. Genauso wenig wie die intensiven Blicke der schweigsamen Maura.

Rita war sich fast sicher, dass Maura sie jede Sekunde, in der sie nicht an ihrem Fensterbild gebastelt hatte, angeschaut hatte. Je länger sie über den Nachmittag nachdachte, umso sicherer war sie sich. Beim Basteln selbst war es ihr zum Glück nicht aufgefallen, weil sie sich auf ihre Neffen und auf die wenigen, kurzen Berührungen mit Raffaela konzentriert hatte.

Ob das Mädchen ihre Mutter vom Telefonieren abhielt?

Das Telefon klingelte und riss Rita aus weiteren Gedanken in der Richtung.

»Guten Abend, Raffaela«, sagte Rita atemlos ins Telefon, »schlafen die Kinder?«

Ihr Herz pochte so schnell, dass das Blut in ihren Ohren rauschte und sie sich anstrengen musste, die Antwort über den Lärm zu verstehen. Gleichzeitig schimpfte sie sich in Gedanken selbst aus. Das war noch eine Frage, die sie sonst noch keiner Frau gestellt hatte, mit der sie flirtete. Normalerweise war das eine Frage, die sie ihrer Schwester stellte, wenn diese spät am Abend anrief.

»Alle schlafen«, sagte Raffaela am anderen Ende der Verbindung.

Ihre Stimme klang müde und erschöpft.

»Ich kann nächsten Sonntag freiräumen. Was passt dir besser, vormittags oder nachmittags? «

Rita dachte an die Liste mit Plätzchen-Wünschen, die ihre Neffen ihr auf dem Heimweg diktiert hatten. Ebenso dachte sie an das dankbare Gesicht ihrer Schwester über den freien Nachmittag und das gemeinsame Gespräch an der Haustüre, während die Jungs durch die Wohnung gestürmt waren, um ihrem Vater die Bastelwerke zu zeigen.

»Passt auch der ganze Tag? Deine Mädchen können, wenn sie fertig sind mit Backen, für eine Weile mit zu meinen Neffen und dort spielen«, sagte Rita. »Also, wenn du ein bisschen Pause haben willst. Das heißt nicht, dass wir beide alleine die gesamte Küche putzen«, fügte sie schnell hinzu.

Hoffentlich war sie nicht zu forsch und direkt. Zeit alleine miteinander zu verbringen, das schlug sie normalerweise nicht vor der dritten Verabredung vor. Aber so wie Raffaela aussah, brauchte sie dringend eine Pause, selbst wenn es nur eine kurze war. Außerdem gab das Rita die Möglichkeit, die Frau statt der Mutter ein bisschen kennenzulernen.

Rita knabberte an ihrer Unterlippe. Würde Raffaela zu ein bisschen Zeit zu zweit ja sagen? Oder würde sie es ablehnen, ihre Kinder bei Fremden spielen zu lassen.

»Hmm«, machte Raffaela am anderen Ende der Leitung.

»Meine Schwester Susanne würde die Kinder abholen, dann kannst du sie kennenlernen«, sagte Rita, die genau wusste, dass Susanne ganz scharf darauf war, Raffaela kennenzulernen. Susanne war immer scharf darauf, alle ihre Freundinnen zu kennen, ganz unabhängig davon, wie lange die Beziehung anhielt. Warum auch immer. Rita hatte schon lange aufgehört, dieses Interesse verstehen zu wollen. Immerhin wusste Susanne sich zu benehmen und erzählte keine peinlichen Geschichten aus ihrer gemeinsamen Kindheit.

»Mal sehen«, murmelte Raffaela gähnend.

Rita konnte die Müdigkeit deutlich hören.

»Nächsten Sonntag um zehn bei mir, oder ist das zu
früh?«, fragte Rita und konzentrierte sich auf den Termin. Ob die Mädchen mit ihren Neffen zu Susanne gingen oder nicht, konnten sie auch am Sonntag noch klä-
ren.

»Sonntag um zehn«, sagte Raffaela. »Danke Rita. Ich
muss erst über alles nachdenken. Gute Nacht.«

Die Leitung wurde still.

Rita legte das Smartphone langsam zurück auf den
Tisch. Immerhin wusste sie jetzt sicher, dass Raffaela
interessiert war.

Sie dachte wieder an die beobachtenden Blicke von
Maura. Ob Maura der Grund für Raffaelas Zurückhal-
tung war?

Kurzentschlossen griff Rita wieder nach ihrem Telefon und tippte eine Kurznachricht an Raffaela: »Was
sind die Lieblingsplätzchen von dir, Sophia und von
Maura?«

Sie würde Mauras Meinung nicht sofort ändern können, aber sie konnte dem Kind zeigen, dass sie es ernst
nahm. Sicher würde sie dann ein bisschen auftauen und
ihr nicht so ablehnend gegenüberstehen.

Zufrieden mit ihrer Entscheidung ging Rita schlafen.
Sie freute sich auf den kommenden Sonntag.

Eine Woche später
Raffaela sah sich um.

Die Küche war großzügig gestaltet und ließ um den
Esstisch herum genug Platz für sie und Rita sowie die
vier Kinder. Sie könnten sogar zusammen daran sitzen
und Mittagessen. Die Hängeschränke waren alle mit

den gleichen Fronten versehen, nicht wie ihre eigene Küche, in der Möbel aus verschiedenen Küchen zusammengewürfelt waren und manche Schränke größer und andere kleiner waren.

Trotzdem sah die Küche gemütlich aus, so als ob sie wirklich benutzt werden würde und nicht nur Dekorationszwecken diente.

Raffaela atmete erleichtert aus. Sie hatte schon befürchtet, sie würde ihre Kinder dauernd ermahnen müssen, nur ja nichts Falsches anzufassen. Aber die Fingerabdrücke auf der weißen Tapete und das Strichmännchen daneben bewiesen eindeutig, dass Ritas Neffen Leon und Theo sich hier heimisch fühlten.

Gut, dass sie sich bei Rita trafen und nicht bei ihr. Ihre Küche wäre zu klein für sechs Personen zum Plätzchenbacken.

Immerhin hatte Raffaela es heute geschafft, sich ihre Haare zu kämmen und zu einem anständigen Zopf zu binden. Etwas, was von Maura heute Morgen mit einem wissenden Blick bedacht worden war. Genauso wie der Pullover, der farblich zu ihrer Jeans passte. So als wüsste Maura genau, was Raffaela erreichen wollte.

Raffaela schüttelte den Kopf über sich selbst. Sie sollte nicht so viel in den Blickkontakt mit Maura hineininterpretieren. Schließlich waren beide Mädchen mit Ritas Neffen im Spielzimmer verschwunden, kaum, dass sie zur Haustüre hereingekommen waren. Abgesehen davon war sie sich selbst nicht so sicher, was sie erreichen wollte. Falls sie überhaupt etwas erreichen wollte. Abgesehen natürlich davon, erfolgreich Plätzchen zu backen und ihren Mädchen einen schönen Tag zu ermöglichen.

Raffaela stand mit Rita alleine in der Küche, um die Teige vorzubereiten. Auf der Arbeitsplatte standen Mehl,

Zucker, Sojamilch, Kakaopulver, Gläser voller Streusel und jede Menge anderer Tüten und Gläser.

»Wollen«, Raffaela räusperte sich, »Theo und Leon nicht beim Wiegen helfen?«

Rita lachte und schüttelte den Kopf. »Die beiden spielen lieber mit der Rennbahn und tauchen zum Ausstechen und Naschen auf. Wie es aussieht, haben sie Maura und Sophia damit angesteckt.«

Rita lachte, kam näher und streckte ihre Hand aus.

Reflexartig ergriff Raffaela Ritas Hand. Sie war so warm und weich, wie sie diese vom Bastelnachmittag in Erinnerung gehabt hatte. Ihre Handfläche kribbelte wohlig von der Berührung und sie machte einen winzigen Schritt auf Rita zu.

Das Kribbeln wanderte Raffaelas Arme hinauf und breitete sich warm in ihrem ganzen Körper aus. Wie würde es sich anfühlen, wenn sie nicht nur Ritas Hände hielt?

»Es wäre so schön«, begann Raffaela und brach ab.

Was wollte sie eigentlich sagen?

»Wenn du mich küssen würdest?«, beendete Rita den Satz mit einem Fragezeichen und einem einladenden Lächeln.

Raffaela starrte Rita an. Hatte sie gerade richtig gehört, was Rita gesagt hatte? Hieß das, sie bildete sich das nicht nur ein, dass sie sich zueinander hingezogen fühlten? Es schien sogar gegenseitig zu sein.

Raffaela schaute auf Ritas Lippen, die wieder einladend rot geschminkt waren, und nickte langsam. Sie hatte die ganze Woche von Rita geträumt und sich gefragt, ob sie es wohl verantworten konnte, Maura und Sophia mit Theo und Leon nach Hause zu schicken, um mit Rita alleine zu sein.

Jetzt hatte sie ganz unerwartet die Gelegenheit dazu.

Natürlich konnte sie nicht sicher sein, dass die Kinder nicht in den nächsten Sekunden in die Küche gestürmt kamen. So eine Rennbahn konnte schnell langweilig werden. Das bedeutete für Raffaela: Wenn sie die Chance auf einen Kuss nicht ungenutzt verstreichen lassen wollte, musste sie jetzt handeln. Langes Zögern würde nur dazu führen, dass sie heute Abend in ihrem Bett liegen und sich fragen würde, was gewesen wäre, wenn sie nicht gezögert hätte.

»Ja«, sagte Raffaela.

Als Rita nichts weiter sagte und machte noch einen kleinen Schritt auf Rita zu.

Raffaela sah das Lächeln auf Ritas Lippen breiter werden. Einladender.

Kurz bevor sich ihre Lippen berührten, hielt Raffaela inne und spitze ihre Ohren. Sie lauschte auf Kinderschritte im Flur. Aber sie rannten an der geschlossenen Küchentüre vorbei. Vermutlich auf die Toilette?

Egal. Sie musste es ignorieren und sich auf den Kuss konzentrieren. Bevor das Kind zurückkam und in die Küche abbog, statt in das Zimmer mit der Rennbahn.

Raffaela war so kurz davor, Rita zu küssen. Sie konnte Ritas warmen Atem auf ihrem Gesicht spüren und ihren warmen, süßen Duft riechen. Wie sie wohl schmeckte?

Raffaela spürte Ritas Daumen, sachte über ihre Handrücken streichen. Ihre Hände, die noch ineinander verschränkt waren, waren beinahe zwischen ihnen eingeklemmt. Das sachte Streicheln von Ritas Daumen auf ihrem Handrücken ließ neue, wohlige Schauder über Raffaelas Hände und Arme laufen.

Sie beugte sich die letzten Millimeter zu Ritas Lippen vor und berührte sie sanft. So sachte, als hätte sie

Angst, sie würde gleich aus einem Traum aufwachen. Schließlich hatte sie seit dem einen Kuss mit ihrer besten Freundin in der Schule keine Frau mehr geküsst, sodass sie sich gar nicht mehr an das Gefühl erinnern konnte.

Ritas Lippen waren weich und nachgiebig an ihren eigenen. Sie fühlten sich feucht an, was an dem glänzenden, roten Lippenstift liegen musste, und gleichzeitig vertraut.

»Mmmmmmhh.«

Ritas leiser, genießerischer Laut vibrierte durch Raffaelas ganzen Körper und sie vertiefte den Kuss, indem sie ihre Lippen ein bisschen fester aufeinander presste, bis sie sich ganz berührten, statt nur leicht zu streifen.

Kein Kuss hatte sich je so vertraut, so federleicht und himmlisch angefühlt. Auch keiner von ihrem Ex-Mann, dessen Bartstoppeln immer gekratzt hatten. Mit Rita kratzte nichts, sondern fühlte sich alles weich und sanft, feucht und genau richtig an.

Raffaela schloss ihre Augen und sog den süßen, warmen Duft von Rita tief in ihre Lungen.

Sie löste ihre Hände aus Ritas Händen, ertastete Ritas Hüften, die sie rund und geschwungen unter dem T-Shirt spürte. Langsam tastete sie sich weiter über Ritas Rücken. Raffaela wollte sie umarmen und an sich ziehen.

Irgendwo in der Wohnung schlug eine Türe zu. Schritte stampften über den Flur.

Erschrocken riss Raffaela ihre Augen auf, ließ ihre Hände fallen und machte einen Schritt zurück. Sie stieß an die Kante der Arbeitsplatte, die sich hart und schmerzhaft in ihre Seite rammte.

Sie konnte Rita nicht umarmen.

Was würden die Kinder denken? Wie hatte sie ihre Töchter nur für einen Moment vergessen können und nur daran denken, was sie wollte?

Mit einer Hand rieb Raffaela sich die schmerzende Seite. Sie biss sich hart auf ihre eigene Unterlippe, dass es schmerzte. Sie durfte sich nicht einfach so einer anderen Frau hingeben und eine Beziehung beginnen. Sie musste sich auf ihre Töchter konzentrieren.

»Besser wir fangen mit dem Teigkneten an, sonst werden die Plätzchen nicht fertig«, sagte Raffaela und drehte sich zu den Tüten mit den Zutaten auf der Arbeitsplatte um, damit sie Rita nicht ins Gesicht sehen musste.

Rita antwortete nicht.

Blindlings griff Raffaela nach einer Tüte Mehl und trug sie stolpernd zum Tisch hinüber. Dabei blinzelte sie unentwegt, bis ihre verschwommene Sicht wieder klarer wurde. Das half nichts gegen das trübe Grau der Schneewolken vor dem Fenster, aber sehr wohl dabei, die Mehltüte in ihrer Hand wieder scharf sehen zu können.

In fünfzehn Jahren, wenn ihre Töchter erwachsen waren, versprach sich Raffaela in Gedanken, dann konnte sie sich eine Freundin suchen. Ihr schweres Herz, das sich danach sehnte, jetzt gleich Rita nochmals zu küssen, würde es überleben.

Die Küchentür wurde aufgestoßen.

»Wie weit ist der Teig?«, fragte Sophia und kletterte auf einen Stuhl am Tisch.

»Wir sind gerade beim Abwiegen der Zutaten«, zwang sich Raffaela fröhlich zu antworten und setzte ein Lächeln auf. »Willst du helfen?«

Die schweigende Präsenz von Rita musste sie jetzt einfach ausblenden. Irgendwie würde Raffaela das Backen überleben. Sie konnte jetzt nicht einfach davon rennen und den Kindern den Tag verderben.

Die Wohnungstüre war gerade mit einem leisen Klicken ins Schloss gezogen worden. In der Wohnung und auch in Ritas Küche kehrte wieder Ruhe ein.

Rita ließ ihre verspannten, schmerzenden Schultern hängen.

Den ganzen Vormittag hatte sie mit Raffaela Teige für die verschiedenen Plätzchen geknetet. Sie hatte die nächsten Zutaten abgewogen und in die Schüsseln gefüllt, die natürlich immer wieder abgewaschen werden mussten, um neue Teige für die nächste Sorte Plätzchen zu kneten. Sie hatte die Teige ausgewellt und die Ausstechformen für die Kinder bereitgelegt. Sie konnte gar nicht mehr zählen, wie oft sie sich dabei irgendwie schräg um Kinder herum gebeugt hatte, um ihnen bei irgendeinem Schritt zu helfen. Jedenfalls schmerzte ihr Rücken und ihre Beine und überhaupt ihr ganzer Körper. Der Tag war länger und anstrengender gewesen, als sie es erwartet hatte.

Immerhin war Raffaela noch hier und hatte ihren Töchtern erlaubt, mit Ritas Neffen mit zu ihrer Schwester zu gehen.

Ein warmes Gefühl breitete sich in Ritas Bauch aus, als sie Raffaela beobachtete, die gerade die Vanillekipferl mit Puderzucker bestäubte.

In der ganzen Küche, nein in der gesamten Wohnung, duftete es nach süßem Zimt, fruchtigen Äpfeln, dem sauren Zitrusduft von Orangen und Zitronenschalen und noch vielen anderen Weihnachtsgewürzen.

Rita bückte sich und schaute durch das Glasfenster in der Backofentüre. Im Augenblick war das Blech mit den Haselnussmakronen darin und würde noch wenige Minuten brauchen. Die Kinder, erschöpft vom vielen Backen und satt von all dem Teig, den sie den Vormittag über genascht hatten, waren von ihrer Schwester zum Mittagessen abgeholt worden.

Rita richtete sich auf und schaute zu Raffaela hinüber, die jetzt am Spülbecken stand und die Ausstechformen mit einer Bürste putzte. Es waren die gleichen Formen, die Rita schon als Kind beim Backen mit ihrer Oma benutzt hatte. Formen, die nicht spülmaschinenfest waren.

»Willst du einen Lebkuchen probieren?«, fragte Rita und nickte zu dem zweiten Gitter auf der Arbeitsplatte, auf der noch der Zuckerguss mit den Streuseln auf den Lebkuchen trocknete.

Raffaela schüttelte den Kopf, ohne aufzusehen. Ihr Pferdeschwanz wippte, und am liebsten wäre Rita mit ihren Fingern durch Raffaelas Haare gefahren, hätte den Zopf aufgelöst und damit gespielt. Auch wenn jeder Muskel schmerzte, die Energie, um Raffaela zu massieren, würde sie noch finden. Besonders deshalb, weil es auch für sie selbst eine süße Belohnung für die Arbeit des Tages wäre.

Leider hatte Raffaela nach dem wundervollen Kuss, den sie heute Morgen getauscht hatte, peinlich genau darauf geachtet, dass sie sich nicht mehr berührten und immer mindestens ein Kind Abstand zwischen ihnen war.

Dabei war der Kuss, so kurz und so schüchtern er gewesen war, der beste Kuss gewesen, den Rita jemals bekommen hatte.

»Bereust du den Kuss so sehr?«, fragte Rita, nahm sich selbst einen Lebkuchen vom Gitter und lehnte sich neben Raffaela an die Arbeitsplatte.

Auch wenn sie Raffaela so nur im Profil sehen konnte, war das besser, als ihre Mimik gar nicht zu sehen.

Nachdem sie endlich wieder alleine waren und auch nicht Gefahr liefen, jede Sekunde gestört zu werden, konnte sie die Frage stellen, die sie seit der Unterbrechung umgetrieben hatte.

Raffaela schwieg und putzte weiter die Ausstechformen. Das Wasser plätscherte, als sie die Spülbürste wieder hineintauchte, und klatschte in großen Tropfen zurück ins Becken, als sie die Bürste wieder heraushob. Weißer Seifenschaum saß darauf und funkelte im elektrischen Deckenlicht.

Rita biss in den noch lauwarmen Lebkuchenstern in ihrer Hand. Sie schmeckte den süßen Zuckerguss, der einen Hauch von Zitronengeschmack mitbrachte und teilweise an ihrer Oberlippe kleben blieb. Der weiche Lebkuchen mit den weihnachtlichen Gewürzen zerkrümelte fein auf ihrer Zunge.

»Mmmmhh. Lecker. Hier probier mal«, sagte Rita und hielt Raffaela den angebissenen Lebkuchen vor den Mund mit den weichen Lippen, die sie wieder auf ihre spüren wollte.

Ganz langsam, ohne dass es plätscherte, ließ Raffaela ihre Hände ins Spülbecken sinken und sah zu ihr herüber. Ihre Augen waren groß und rund.

War es Staunen oder Panik? Rita war sich da nicht sicher. Sie hoffte auf Staunen. Auffordernd hielt sie Raffaela wieder den Lebkuchen vor den Mund.

»Das sind meine Lieblingslebkuchen. Auf sie freue ich mich das ganze Jahr«, sagte Rita.

Als Raffaela immer noch nicht antwortete und auch nicht ihren Mund öffnete, schob sie sich den restlichen Lebkuchenstern selbst in den Mund. »Dein Lieblingsplätzchen waren die Haselnussmakronen, richtig? Die brauchen«, sie schaute über ihre Schulter auf die Zeitanzeige am Backofen, »noch fünf Minuten.«

»Nein«, sagte Raffaela leise.

Rita hob eine Augenbraue.

»Nein, was?«

Sie beobachtete, wie Raffaela ihre Unterlippe zwischen ihre Zähne zog und darauf herumnagte.

Rita schluckte die zerkauten Krümmel herunter. Sie kratzten in ihrem Hals. Sie wollte an Raffaelas Unterlippe knabbern.

Suchte Raffaela nach den richtigen Worten? Oder war es ihr peinlich, mit Rita alleine zu sein, und traute sich nur nicht zu gehen, weil noch so viel schmutziges Geschirr herumstand? Was sollte sie am besten als Nächstes sagen oder tun, überlegte Rita.

»Nein, ich bereue den Kuss nicht«, sagte Raffaela und schaute Rita endlich in die Augen. »Aber ich muss an meine Kinder denken. Ich kann jetzt keine Beziehung anfangen.«

Rita glaubte ihren Ohren nicht zu trauen.

Da stand ihr mit Raffaela die schönste und anziehendste Frau ihres Lebens gegenüber und sagte ihr, dass sie sich genauso von ihr angezogen fühlte, aber wegen der Kinder eine Beziehung unmöglich war?

Was für ein Blödsinn!

»Das ist kein Blödsinn«, sagte Raffaela scharf, und wandte sich wieder dem Spülbecken zu.

Sie wirbelte die Spülbürste heftig herum und schrubbte mit abrupten Bewegungen die Ausstechform eines

Weihnachtsbaums sauber. Wassertropfen flogen durch die Luft und trafen Ritas Pullover.

Hatte sie das wirklich laut gesagt?

Rita schluckte.

»Natürlich ist es das nicht, Raffaela«, sagte Rita besänftigend und hob beschwichtigend die Hände, »trotzdem bist du nicht nur eine Mutter, sondern auch eine Frau mit Bedürfnissen.«

Raffaela schüttelte nur den Kopf und starrte auf die Metallform in ihrer Hand.

Der Backofen piepte, bevor Rita einfiel, was sie sagen konnte, um Raffaela davon zu überzeugen, dass es keine gute Idee war, ihre eigenen Bedürfnisse für die nächsten Jahre komplett zu ignorieren.

Rita griff nach ihren Backofenhandschuhen und holte das heiße Blech mit den Haselnussmakronen aus dem Ofen. Sie hatte Raffaelas Lieblingssorte extra als Letztes gebacken.

»Ich hatte gehofft zum Ausklang, gemeinsam ein paar warme Haselnussmakronen zu genießen«, murmelte Rita in den heißen Dampf hinein, der süß und nussig aus dem Ofen heraus waberte.

Mit geübtem Schwung ließ Rita das Backpapier mitsamt den goldbraun gebackenen Makronen und den knusprig gerösteten Haselnüssen oben darauf auf ein weiteres Gitter gleiten, das Raffaela mitgebracht hatte. Noch wollte sie die Hoffnung, Raffaela wiederzusehen, nicht ganz aufgeben.

Raffaelas nasse Hände hatten bereits Falten, obwohl sie erst die Hälfte der Ausstechformen abgespült hatte.

Wie hatte sie nur auf die Idee kommen können, dass sie gerne länger bleiben wollte? Jetzt konnte sie nicht einfach mitten in der Arbeit alles liegen lassen.

In Raffaelas Magen lag ein eisiger Klumpen, der sich stetig ausbreitete und ihr Magenschmerzen verursachte. Der traurige Klang von Ritas Stimme hallte noch in ihren Ohren nach, genauso wie der verführerische Duft gerösteter Haselnüsse und süßer Haselnussmakronen ihre Nase und ihren Mund füllten.

Beides würde sie auch mit einem weiteren Kopfschütteln nicht loswerden. Nur mit nach Hause gehen konnte sie beidem entkommen.

Vielleicht.

Vermutlich würde sie beides in ihre Träume verfolgen. Träume, in denen sie eine liebevolle Beziehung miteinander führte und in denen sie nicht nur für ihre Kinder zuständig war.

Raffaela schluckte.

Neben ihr klappte Rita die Backofentüre zu und schaltete ihn mit einem piepsenden Tastendruck aus. Ein heißer Luftschwall wurde zu ihr herübergedrückt.

»Wie willst du deinen Kindern ein gutes Vorbild sein, wenn du das Leben nicht genießt und dir nichts gönnst?«, fragte Rita, die jetzt ein Geschirrtuch in der Hand hielt und die Ausstechform mit dem Weihnachtsengel in die Hand nahm zum Abtrocknen. »Glaubst du, es ist eine gute Idee, ihnen vorzuleben, dass das Leben nur aus Pflichten und Arbeit besteht?«

Raffaela biss ihre Zähne zusammen.

Rita hatte recht, ihr Leben bestand nur noch aus Arbeiten und Pflichten. Leider war für nichts anderes Zeit, schließlich wollten die Kinder ein Dach über dem Kopf haben, Essen, das ihnen schmeckte, abwechslungsreich und gesund war und außerdem Kleider, passend zur Jahreszeit.

»Sie hatten heute Spaß beim Backen«, sagte Raffaela.

Rita drehte sich weg, um ihre abgetrocknete Form beiseitezulegen, als Raffaela gerade hochsah, sodass sie nur ihren Rücken zu Gesicht kam.

»Natürlich«, sagte Rita. »Genauso wie letztes Wochenende beim Basteln. Aber das ist für sie, nicht für dich. Kinder merken den Unterschied.«

Raffaela starrte Rita an, als sie sich wieder ihr zuwandte und nach dem nächsten abgewaschenen Förmchen griff. Wie konnte sie es wagen, sie so anzugreifen?

»Woher willst du das wissen? Du hast keine Kinder!«, sagte Raffaela mit Nachdruck und warf alle übrigen Förmchen ins Wasser. Je schneller sie einweichten, umso einfacher war das Abwaschen und umso schneller konnte sie sich verabschieden.

»Du leihst dir deine Neffen zum Spielen und Spaß haben aus und gibst sie zurück, wenn sie müde und quengelig werden«, sagte Raffaela und rieb energischer mit der Spülbürste über das Metall.

Den Zusatz »genau wie meine Mutter« sparte sie sich. Ihre Mutter reiste durch die Weltgeschichte und hatte ihr klargemacht, dass sie auf keinen Fall mit den Kindern helfen würde. Schließlich hätte sie ja für Raffaela alles zurückgestellt. Somit fiel auch aus der Richtung jede Möglichkeit der Unterstützung weg.

Raffaela biss die Zähne zusammen. Es würde nicht helfen, wenn sie jetzt weiter schimpfte. Am besten hielt sie den Mund, machte den Abwasch fertig und verabschiedete sich dann.

»Du musst nicht zum Abwaschen bleiben«, sagte Rita leise. »Ich kann das morgen erledigen, wenn ich mich ausgeruht habe. Auf keinen Fall musst du dich verpflichtet fühlen.«

Raffaelas eisiger Klumpen drückte noch heftiger auf ihren Magen. Jetzt hatte sie mit ihrer schroffen Antwort Rita verletzt. Das hatte sie, obwohl Ritas Angriff unfair gewesen war, nicht gewollt.

Schweigend schrubbte Raffaela weiter. Sie war keine bequeme Frau, die anderen die Arbeit liegen ließ, da mochte ihr Magen noch so sehr von ihrem schlechten Gewissen und dem Unterdrücken ihrer Wünsche grummeln. Das Leben war ungerecht, daran war nichts zu ändern.

»Morgen musst du arbeiten«, sagte Raffaela, nachdem sie mehrmals Luft geholt hatte, »wenn du die Ausstechformen nicht heute putzt, fangen sie an mit rosten.«

Nach einem weiteren, tiefen Atemzug fügte sie hinzu: »Es tut mir leid, dass ich dich so angefahren habe.«

Einige Minuten lang arbeiteten sie beide schweigend.

Das heiße Wasser im Spülbecken wurde lauwarm und allmählich kühler. Vor den Fenstern wurde es dämmriger und dunkler. Als Raffaela das letzte Förmchen fertig hatte und den Stöpsel aus dem Spülbecken zog, war das Wasser kalt und der Himmel vor dem Fenster dunkel. Von der Straße mehrere Stockwerke tiefer leuchtete schwach der Schein der Straßenlaternen herauf. Gurgelnd verschwand das Waschwasser im Abfluss.

»Fertig. Dann gehe ich mal meine Töchter einsammeln, damit deine Schwester auch ihre Ruhe bekommt«, murmelte Raffaela und trocknete sich ihre Hände ab.

Die Haselnussmakronen dufteten immer noch köstlich, obwohl sie inzwischen nur noch lauwarm waren. Genau richtig, um davon zu naschen.

Kurz warf sie einen sehnsüchtigen Blick zu ihnen hinüber. Sie hätte gerne noch eine davon im warmen Zustand probiert, wollte sich aber Rita nicht länger aufdrängen. Rita hatte kein Gespräch mehr angefangen und wollte vermutlich, dass sie endlich ging.

»Ein paar Minuten hin oder her sind meiner Schwester egal. Setz dich, iss eines von deinen Lieblingsplätzchen«, sagte Rita und zog schwungvoll einen Stuhl vom Tisch ab.

Unsicher sah Raffaela zwischen Rita und den Makronen hin und her.

Sie würde sich so gerne ein paar ruhige Minuten gönnen und ihren schmerzenden Beinen eine Pause.

Sollte sie die Einladung annehmen?

»Gönne dir ein paar Minuten. Ich habe leckeren, alkoholfreien Glühwein da, den ich für uns dazu erhitzen kann«, sagte Rita, die sie bereits wieder strahlend anlächelte.

Raffaela nickte ganz langsam.

Ob Rita nur darauf gewartet hatte, dass sie ihr eine neue Möglichkeit für ein Gespräch bot? Oder war das einfache Höflichkeit?

Raffaela wusste es nicht. Aber sie wollte sich gerne setzen und ein paar Minuten Pause machen. Eine Makrone und eine Tasse alkoholfreien Glühwein konnte sie sich erlauben. Sie würde dabei Ritas strahlendes Lächeln genießen und ihrem Tagtraum von einem weiteren Kuss von ihren leuchtenden roten Lippen nachhängen.

Der eisige, drückende Klumpen in ihrem Magen wurde ein bisschen kleiner bei dem Gedanken.

Raffaela fühlte sich ein winziges Bisschen besser. Wollte ihr Magen ihr sagen, dass sie sich mehr Zeit für sich selbst nehmen sollte? So, wie Rita es gesagt hatte?

Im kompletten Gegensatz zu dem, was ihre Mutter ihr vorgelebt hatte?

»Setz dich, ich kümmere mich um alles«, sagte Rita und rannte praktisch aus dem Raum. »Bin sofort zurück.«

Raffaela ließ sich langsam auf den Stuhl sinken.

Irgendwo in der Wohnung hörte sie Rita rumoren und klappern. Ein kühler Luftzug wehte vom Flur herein in die gemütlich warme Küche, in der es nicht nur nach gerösteten Haselnüssen, sondern auch herrlich heimelig nach Weihnachten, Ruhe und Frieden duftete.

Raffaela lehnte sich gegen die hölzerne Lehne des Stuhles zurück und schloss ihre Augen, um einen Moment auszuruhen. Wenn sie doch nur wüsste, was für ihre Töchter das Beste wäre. Auf keinen Fall sollten sie sich vernachlässigt fühlen.

Mit der Flasche in der einen Hand und der selbstgebastelten Kugel für den Weihnachtsbaum vom vergangenen Wochenende, kam Rita zurück in die Küche.

Raffaela saß auf dem Stuhl am Esstisch und hatte die Augen geschlossen.

Erleichtert atmete Rita ein und hängte die aus kunterbunten Papierstreifen zusammengeklebte Kugel an dem winzigen Haken oben im Fensterrahmen auf. Einmal, um eine etwas weihnachtlichere Stimmung zu verbreiten und zum anderen, um Raffaela zu zeigen, dass sie die schiefen Bastelwerke, die mit ihren Neffen zusammen entstanden, schätzte. Ein bisschen hoffte Rita, dass dies ihre Chance bei Raffaela etwas verbessern würde.

Später würde sie die Kugel wieder an ihren Platz in der Vitrine hängen, wo sie nicht verstauben konnte.

Solange Raffaela hier war, hatte Rita noch eine Chance, wieder Frieden mit ihr zu schließen, nachdem sie so forsch gefordert hatte, dass sie auch etwas für sich selbst tat. Etwas, wovon Rita sich wünschte, dass Raffaela es tun würde, weil sie sie so gerne nochmals küssen, umarmen und in ihrer Nähe wissen wollte.

Zum Glück hatte Rita von ihrer Schwester schon ähnliche Antworten zu hören bekommen.

Öfter, als ihr lieb war.

Das machte sie nicht angenehmer, aber immerhin konnte sie verstehen, was dahinter stand. Die ständige Kritik der Gesellschaft an jeder Frau. Manchmal bekam sie diese inzwischen selbst zu spüren. Immer dann, wenn jemand fragte, warum sie keinen Freund hatte, oder wann sie endlich Kinder plante. So als wäre es ihre Pflicht, für Nachwuchs zu sorgen, nur um sich dann rechtfertigen zu müssen, warum sie nicht mehr Vollzeit arbeiten konnte.

Rita schüttelte den Gedanken ab. Mit geschlossenen Augen sah Raffaela zufrieden und glücklich aus. Am liebsten wäre Rita zu ihr hinübergegangen und hätte sie geküsst. Stattdessen wandte sie sich dem Herd zu und holte einen Topf aus der Schublade darunter. Raffaela hatte sich eine Pause verdient.

Sie konnte sich nicht vorstellen, wie viel schwerer und anstrengender es war, alleinerziehend zu sein. Für die Energie, die das sicher brauchte, bewunderte sie Raffaela. Gleichzeitig wünschte sie sich, dass sie ihr ein bisschen von der Last abnehmen könnte.

Abgesehen davon, erinnerte Rita sich selbst daran, würden sie sicher kein Paar werden, wenn sie Raffaela nochmals versuchte, die Geschwindigkeit vorzuschreiben. So ungeduldig sie selbst auch war.

Alleine die Erinnerung an den flüchtigen Kuss früher am Tag war, nach ihrer Meinung, ausreichend Bestätigung dafür, dass sie zusammengehörten. Warum sonst hätten sie sich küssen sollen? Jetzt musste Raffaela nur noch selbst ebenfalls zu dieser Überzeugung gelangen. Am besten, ohne ein schlechtes Gewissen gegenüber ihren beiden wunderbaren Töchtern zu haben.

Rita rührte den Glühwein im Topf um.

Sie dachte daran, wie Sophia voller Begeisterung Plätzchen ausgestochen und dekoriert hatte. Sie hatte sich so frei benommen wie Ritas Neffen. Ganz offensichtlich hatte Sophia sich sofort wohlgefühlt.

Der Löffel klapperte beim Umrühren leise gegen den Edelstahltopf.

Rita konzentrierte sich darauf, vorsichtiger umzurühren, und folgte den Kreisen, die ihr Löffel in dem dunkelroten Glühwein hinterließ.

Maura, die Ältere von Raffaelas Töchtern, hatte sich fast wie eine Erwachsene verhalten. Höflich, zurückhaltend, immer darauf achtend, dass alle anderen versorgt waren, bevor sie selbst Plätzchen ausstach. Rita war keine Expertin, aber sie hatte das Gefühl, dass Maura sich zu sehr zurückgenommen hatte für ein Kind ihres Alters. Ob es dieses Verhalten war, das Raffaela Sorgen machte?

Der Glühwein im Topf begann zu dampfen. Der Duft nach Zimt und Orangen breitete sich intensiver in der Küche aus. Rita füllte ihn mit einem Schöpflöffel in zwei Tassen mit selbst aufgemalten Weihnachtsmotiven um.

Sowohl der Tannenbaum auf der einen Tasse, als auch der Engel auf der anderen, waren schief und wackelig.

Beide waren ein Weihnachtsgeschenk ihrer Neffen im letzten Jahr gewesen. Rita liebte diese Tassen.

Rita stellte einen Teller mit den Haselnussmakronen in der Mitte des Tisches ab. Sie hatte eine mit Tannenzweigen weihnachtlich verzierte Serviette daraufgelegt und noch ein paar Lebkuchen um die Makronen herum dekoriert. Daneben stellte sie die beiden Tassen heißen Glühwein, bevor sie sich auf den Stuhl gegenüber von Raffaela setzte.

Es war Zeit, Raffaela zu wecken, die auf dem harten Holzstuhl eingeschlafen war.

»Raffaela, liebes, aufwachen«, sagte Rita leise, um sie nicht zu erschrecken. »Der alkoholfreie Glühwein für dich ist heiß.«

Zu sehen, wie Raffaela erst blinzelte und sie dann anlächelte, dafür hätte Rita auch nochmal Glühwein erhitzt und einen ganzen Tag in der Küche gestanden und Plätzchen gebacken.

»Danke für die Pause«, sagte Raffaela und gähnte hinter vorgehaltener Hand.

Sie reckte sich.

Wie es wohl wäre, morgens neben ihr aufzuwachen, fragte sich Rita.

Das T-Shirt spannte beim Strecken über Raffaelas Brüsten und zog Ritas Blicke darauf.

Ganz sicher wäre es kuschelig und warm sowie sehr verführerisch, den Wecker zu ignorieren und im Bett zu bleiben, um weiter zu schmusen.

Hastig sah Rita wieder hoch in Raffaelas Augen, die jetzt wieder viel wacher und strahlender aussahen als vorhin, bevor sie sich gesetzt hatte.

»Haselnussmakrone für dich?«, fragte Rita und schob den Teller über die hölzerne Tischplatte auf Raffaela zu.

Raffaela nickte langsam. Ganz offensichtlich war sie noch nicht einhundert Prozent wach.

»Fühlst du dich besser? Es tut mir leid, dass ich vorhin so forsch war. Natürlich ist es dein Leben und deine Entscheidung, was dir wichtig ist, darin«, entschuldigte sich Rita, bevor Raffaela irgendetwas in Richtung sich verabschieden unternehmen konnte. Auf keinen Fall sollte sie denken, dass sie die Flucht ergreifen musste, nur um einem Konflikt aus dem Weg zu gehen, den Rita gar nicht wollte.

Raffaela nahm sich eine Makrone und biss ein Stückchen ab. Ihre Zähne blitzten weiß auf. Beim Kauen schloss sie verzückt die Augen.

Rita griff, ohne hinzusehen, nach einem Lebkuchen. Um nichts auf der Welt hätte sie den Blick von Raffaelas verzücktem Gesicht abwenden können oder wollen.

Ob sie wohl jemals die Chance bekommen würde, ein ähnliches Entzücken auf Raffaelas Gesicht zu verantworten?

»Wunderbar. So herrlich nussig, mit einem Hauch von Zuckerkaramellnote«, seufzte Raffaela und schob sich die zweite Hälfte der Makrone in den Mund.

Zufrieden lehnte sich Rita in ihrem Stuhl zurück. Raffaela hatte sich entspannt und genoss ihre Makrone.

Rita biss von ihrem Lebkuchen ab und kaute langsam und bedächtig. Die Krümmel zerfielen in ihrem Mund zu einem leckeren Brei, der herrlich nach Schokolade, Anis und Kardamom schmeckte.

»Worauf wollen wir trinken?«, fragte Raffaela, als ihr Mund leer war, und hielt ihre Tasse hoch.

Rita legte den Rest ihres Lebkuchens auf den Tisch, schluckte und griff nach ihrer Tasse. Am liebsten hätte sie auf eine gemeinsame Zukunft getrunken, aber offensichtlich war Raffaela noch nicht so weit. Worauf konnten sie dann gemeinsam trinken? Auf ein Wiedersehen? Auf das nächste gemeinsame Plätzchenbacken in einem Jahr? Das war viel zu weit in der Zukunft.

»Worauf möchtest du gerne trinken?«, fragte Rita schließlich. »Nicht, damit ich dir wieder zu schnell und zu forsch bin mit meinem Trinkspruch.«

Raffaela legte den Kopf schief. Ihr Pferdeschwanz fiel zur Seite. Offensichtlich hatte sie diese Frage nicht erwartet.

Rita verspannte sich und wartete mit angehaltenem Atem auf Raffaelas Antwort.

Raffaela sah, wie Rita die Luft anhielt. Ganz offensichtlich gespannt auf ihre Antwort.

Worauf wollte sie trinken? Auf eine neue Freundschaft?

Rita würde interpretieren, dass es eine Paarbeziehung zwischen ihnen werden sollte. Etwas, was Raffaela sich selbst wünschte, aber sich nicht zutraute, ohne ihre Töchter zu vernachlässigen. Vermutlich war sie noch halb verschlafen und viel zu müde, sonst würde sie diesen Wunsch nicht einmal vor sich selbst zugeben.

Sollte sie auf einen weiteren Kuss anstoßen?

Das würde auch zu einer Beziehung führen, inklusive der Erwartungen, die daran geknüpft wurden. Beispielsweise würde Rita sicher auch davon ausgehen, dass sie bald zusammenzogen und Raffaela täglich Zeit mit ihr verbrachte. Kinderfreie Zeit.

Raffaela legte den Kopf auf die andere Seite schief und dachte weiter nach. Ihr Pferdeschwanz strich schwer über ihre Schultern, die vom kurzen Nickerchen auf dem Holzstuhl noch verkrampfter waren, wie nach dem ganzen Tag Teig kneten, Backbleche in den Ofen zu schieben und herauszuholen sowieso schon.

»Trau dich«, murmelte Rita leise, »ich reiße dir nicht den Kopf ab.«

Ihre Stimme klang angespannt. Genauso wie ihre Haltung angespannt war.

Raffaelas Herz machte einen Sprung. Konnte Rita Gedanken lesen? Hoffentlich nicht. Sonst würde sie erfahren, wie verführerisch ihr roter Lippenstift auf Raffaela wirkte.

Hastig leckte Raffaela sich einen Makronenkrümmel von der Lippe. Die Tasse in ihrer Hand zitterte. Sie griff mit ihrer zweiten Hand danach und setzte sich wieder aufrechter hin.

Eine Idee für einen Trinkspruch hatte sie immer noch nicht, trotzdem musste sie irgendetwas sagen.

»Aber meine Töchter«, begann Raffaela.

Bevor sie weitersprechen konnte, wurde sie unterbrochen.

»Was wünschst du dir?«, fragte Rita zurück. »Worauf willst du gerne trinken? Stell dir vor, du schreibst deinen Wunschzettel.«

Raffaela lachte überrascht auf. Sie hatte keinen Wunschzettel. Was sollte sie auch darauf schreiben? Einen Vater für ihre Töchter? Ein höheres Gehalt und familienfreundlichere Arbeitszeiten? Wozu? Es gab schließlich keinen Weihnachtsmann und kein Christkind, das ihr diese Wünsche erfüllen würde.

Sie hatte seit Jahren keinen Wunschzettel mehr geschrieben. Nicht mehr, seit ihr Ex-Ehemann ihr an ihrem ersten gemeinsamen Weihnachten erklärt hatte, dass er das kindisch fand und ganz sicher keinen Wunsch von einem Wunschzettel erfüllen würde. Trotzdem hatte Raffaela das Wunschzettelschreiben für Sophia und Maura eingeführt, sobald sie auf der Welt waren und einen Stift halten konnten. Als Kind hatte sie Wunschzettel geliebt.

»Mein Wunschzettel«, überlegte Raffaela laut und hielt sich an der heißen Tasse mit Glühwein fest, die ihre Hände weiter aufwärmte.

Gedankenverloren ließ sie ihren Blick von Ritas roten Lippen und schwarzen Locken zur Seite und zum Küchenfenster hinaus in die hereinbrechende Nacht schweifen. Dabei fiel ihr die Weihnachtsbaumkugel auf, die am Fenster hing. Sie war aus den bunten, schmalen Papierstreifen geklebt, die sie letzte Woche beim Weihnachtsbasteln benutzt hatten.

»Das ist ja deine Kugel«, sagte Raffaela und sah genauer hin. Ja, die vielen verschiedenen Farben waren Ritas Wahl gewesen. Sophia hatte zwei- und dreifarbige Baumkugeln gebastelt. Die hingen jetzt bei ihnen zu Hause am Fenster, bis sie den Weihnachtsbaum kauften. Dann würden die Kugeln umgehängt werden.

»Ich habe sie für uns aufgehängt«, sagte Rita. »Als Erinnerung an unser erstes Treffen und das gemeinsame Basteln. Später lege ich sie, zum Schutz gegen Staub, zurück an ihren Platz in der Vitrine.«

Ein Ehrenplatz in einer Vitrine?

Raffaela wurde warm bei dem Gedanken daran, dass diese, schief gewordene, Kugel, die Rita selbst gebastelt hatte, für sie so wichtig war. Ihrer Erfahrung nach warfen Menschen ohne Kinder solche nicht perfekten Dinge gerne in den Müll. Zumindest alle Menschen, die sie kannte und denen ihre Töchter bisher selbstgebastelte Karten, Bilder und Weihnachtsschmuck geschenkt hatten.

Sie sah zurück zu Rita und endlich hatte sie eine Idee für einen Trinkspruch.

»Wir trinken auf Wunschzettel und die Erfüllung unserer Weihnachtswünsche«, sagte Raffaela schließlich und hob ihre Tasse höher. »Was hältst du davon?«

Rita nickte zustimmend. Eine schwarze Locke glitt über ihre Schulter und wippte mit dem Nicken mit.

»Auf unsere Wunschzettel und die Erfüllung unserer Weihnachtswünsche«, sagte Rita und stieß mit Raffaelas Tasse an.

Das Porzellan der dicken Tassen gab einen dumpfen Ton von sich, der sich wie eine tiefe, warme Vibration durch Raffaelas Arme in ihrem ganzen Körper ausbreitete und den Eisklumpen in ihrem Magen weiter schmelzen ließ. Die ersten kleinen Schlucke des heißen Glühweins schmolzen den Rest weg und füllten ihren Bauch mit kleinen zauberhaften Funken der Hoffnung. Ob eine Beziehung vielleicht doch möglich sein könnte? Vielleicht eine lose Freundschaft?

»Was schreibst du auf deinen Wunschzettel, Rita?«, fragte Raffaela, um sich von ihren eigenen, unerfüllbaren Wünschen abzulenken.

Raffaela hielt ihre Glühweintasse zwischen ihren Händen an ihre Lippen. So konnte sie das zimtige Orangen-Aroma tief einatmen und genießen.

Rita stellte ihre Tasse ab, lehnte sich auf ihrem Stuhl zurück und fuhr mit den Fingern ihrer freien Hand über den Henkel der Tasse.

»Auf meinem Wunschzettel stehen ein fröhliches Familienfest, eine feste Freundin«, Rita machte eine Pause, bevor sie weitersprach, »und ein heißer Kuss von dir.«

Raffaela verschluckte sich beinahe an ihrem Glühwein.

Rita wollte sie nicht loswerden, sondern war wirklich noch an ihr interessiert?

»Aber die Kinder«, begann Raffaela wieder.

»Müssen es ja nicht sofort wissen«, sagte Rita. »Was spricht dagegen, mich zu küssen, bevor du gehst? Ich erwarte nicht, dass du gleich bei mir einziehst.«

Sprachlos starrte Raffaela Rita.

Meinte Rita das wirklich ernst? Sie erwartete nicht, dass sie gleich zusammenzogen?

Ihre roten, glänzenden Lippen zogen Raffaela wie magnetisch an. Zu gerne wollte sie Raffaela nochmals küssen und ihr diesen Wunsch von ihrem Wunschzettel erfüllen.

Trotzdem hielt Raffaela sich zurück. Mit ihrem Ex war sie eine Woche nachdem sie sich kennengelernt hatten zusammengezogen, weil man das so machte, hatte er gesagt. Auf die Idee, es anders zu machen, war Raffaela noch gar nicht gekommen.

»Du willst auch nicht gleich bei mir einziehen?«, fragte Raffaela sicherheitshalber und dachte an ihre kleine Wohnung, in der Rita gar keinen Platz hätte. Sie selbst hatte ihr Schlafzimmer im Kinderzimmer eingerichtet, während ihre beiden Töchter sich das größere Elternschlafzimmer als Kinderzimmer teilten. Sogar ihr Bett wäre zu schmal, um gemeinsam darin zu schlafen.

Rita schüttelte lachend den Kopf, sodass ihre schwarzen Locken in alle Richtungen flogen und schließlich langsam, wippend, wieder auf ihren Schultern landeten.

»Nein, meine Süße. Wir können ausmachen, dass wir uns erst einmal nur alle zwei Wochen auf dem Spielplatz treffen, wenn du dich dann besser fühlst«, sagte Rita und klang völlig entspannt und zufrieden mit ihrem Vorschlag.

Das liebevolle Kosewort, das auch nicht das erste war, das Rita für sie benutzte, wärmte Raffaelas Herz. Sie dachte über den Vorschlag nach. Auf dem Spielplatz war sie mit ihren Töchtern sowieso viel zu selten. Wenn Rita ihr einen Grund lieferte, häufiger dorthin zu gehen, war das umso besser.

»Solange du mitspielst und nicht erwartest, dass ich mit dir auf der Bank sitze zum Quatschen«, begann Raffaela, »dann würde ich es gerne damit ausprobieren.«

Die kleine, zweifelnde Stimme in ihrem Kopf, die ihr sagte, dass sie sich besser auf ihre Töchter konzentrierte, schob sie beiseite. Wenn sie es nicht wenigstens versuchte, würde sie niemals ihre eigenen Wünsche auch nur ein winziges Bisschen erfüllen. Besonders weil sie sich nicht vorstellen konnte, sich wie ihre eigene Mutter zu verhalten. Vielleicht hatte Rita ja recht damit, dass sie auch auf ihre Wünsche achten musste. Bisher hatte ihre volle Konzentration auf die Kinder nicht dabei geholfen, Maura wieder fröhlicher und ausgelassener werden zu lassen.

»Aber natürlich. Meine Neffen bringe ich auch mit, dann wird es noch größer und lustiger«, sagte Rita, als würde sie das Chaos auf dem Spielplatz bereits vor sich sehen und sich ernsthaft darauf freuen.

Raffaela grinste bei dem Gedanken. Sie konnte sich das Chaos aus nassem Sand, Schneematsch, Kindern in Winterkleidern und klappernden Zähnen, wenn alle Kleider durchweicht waren, sehr lebhaft vorstellen.

Konnte es so einfach sein? Das konnte sie sich nur schwer vorstellen.

Raffaela trank noch einen Schluck Glühwein. Der Orangengeschmack darin wurde jetzt ergänzt von einem Anteil Traubengeschmack.

»Was schreibst du auf deinen Wunschzettel?«, fragte Rita.

Raffaela blinzelte, überrascht vom Themenwechsel.

»Ich weiß nicht. Ich muss erst darüber nachdenken.« Sie hatte keine Idee, was sie sich wünschen wollte, damit es realistisch erfüllbar war.

»Es muss nicht realistisch sein«, sagte Rita.

»Kannst du meine Gedanken lesen?«, fragte Raffaela.

Rita lachte, und Raffaela lachte mit.

»Nein, kann ich nicht«, sagte Rita, »aber ich hab meiner Schwester in den letzten Jahren oft zugehört. Also? Ein heißer Abschiedskuss, bevor du deine Töchter einsammelst, und wir treffen uns kurz vor Weihnachten nochmal auf dem Spielplatz? Das Datum bestimmst du.«

Raffaela nickte langsam, stellte ihre leere Tasse auf der Tischplatte ab und stand auf. Die Stuhlbeine schabten beim Zurückschieben über den Boden. Ihr gegenüber tat Rita das Gleiche und ging um den Tisch herum.

Mit weichen Knien ging Raffaela auf Rita zu. In der Mitte neben dem Tisch trafen sie sich, streckten sich die Hände entgegen und schlossen sich langsam in die Arme. Langsam genug, um sich bewusst dafür zu entscheiden.

Statt eines fremden Gefühls der ungewohnten Nähe zu einer erwachsenen Frau, das Raffaela erwartet hatte, fühlte sich die Umarmung warm und richtig an. So als hätte sie schon lange darauf gewartet und hätte es nun endlich erhalten.

Langsam beugte sie sich zu Ritas Lippen vor.

Genauso langsam kam Rita ihr entgegen.

Etwas, das Raffaela sehr zu schätzen wusste.

So richtig sicher war sie sich noch nicht mit dem heißen Abschiedskuss, den Rita sich gewünscht hatte.

Würde sie es richtig machen?

Sanft berührte sie Ritas glänzend rote Lippen. Sie schmiegten sich genauso weich und leicht feucht an ihre eigenen wie bei dem flüchtigen Kuss zuvor. Nur, dass jetzt Ritas Hände über Raffaelas Rücken strichen.

Raffaela spürte, wie ihre Muskeln im Rücken wärmer wurden. Sie entspannte sich, schloss die Augen und vertiefte den Kuss.

Rita kam ihr auch jetzt entgegen.

Fast von selbst strichen Raffaelas Hände über Ritas Rücken und schlossen sich enger um Rita, bis sich ihre Körper, nur noch getrennt durch die Kleidung, eng aneinander drückten. Sie konnte sogar Ritas gleichmäßigen Herzschlag an ihrer Brust spüren.

In Raffaelas Bauch kribbelte es warm und wohlig. Genauso wie in ihren Lippen und überall auf ihrem Rücken, wo Rita sie streichelte.

Neugierig öffnete Raffaela ihre Lippen und fuhr forschend mit ihrer Zungenspitze über Ritas Lippen. So weich, so warm und gleichzeitig so verführerisch, einladend, sie weiterzuerforschen.

Keuchend atmete Rita ein und auch Raffaela rang nach Luft.

»Wow«, murmelte Raffaela.

»Gleichfalls.« Rita grinste breit. »Komm, ich begleite dich zu meiner Schwester, um deine Töchter abzuholen.«

Raffaelas Herz pochte so heftig, dass sie sich sicher war, dass Rita das an ihrer Brust spüren musste, die immer noch gegen ihre eigene geschmiegt war. Sie war erleichtert, dass Rita nicht versuchte, sie vor eine Wahl zu stellen zwischen einem weiteren Kuss und ihren Töchtern.

»Danke«, sagte Raffaela.

Sie hauchte noch einen kurzen Kuss auf Ritas Lippen und löste sich aus der Umarmung.

»Danke, dass du mich nicht zum Wählen zwingst.«

Raffaela fühlte sich so leicht, wie schon seit Jahren nicht mehr. Wenn sie nicht wählen musste, dann könnte sie sich auf eine Beziehung einlassen, oder? Vielleicht könnte mit der Zeit sogar mehr daraus entstehen, wie nur alle zwei Wochen ein Kuss.

»Auf meinem Wunschzettel«, sagte Raffaela und ging auf die Küchentüre zu. Dort blieb sie stehen und beobachtete, wie Rita aus einem Hängeschrank eine Metalldose mit bunten Bildern hervorholte und von den verschiedenen Plätzchen mehrere hineinlegte. Als sie an Rita vorbei zum Fenster sah, fiel ihr Blick wieder auf die farbenfrohe, schief zusammengeklebte Baumkugel. Sie war ein greifbarer Beweis dafür, dass Rita nicht so war, wie viele andere Menschen, die Raffaela kannte.

»Ja?«, fragte Rita und ging zur nächsten Plätzchensorte, die sie sorgfältig hinein stapelte.

»Auf meinem Wunschzettel stehen viele Küsse und Umarmungen mit dir«, sagte Raffaela, spontan.

Sie wusste noch nicht, wie und wann sie diese in ihrem Terminkalender unterbringen würde, aber sie wusste, dass sie einen Weg finden wollte, um Rita regelmäßig zu treffen. Vielleicht, nur vielleicht, würde sie auch schaffen, einmal beide Mädchen am selben Nachmittag mit Freundinnen zu verabreden, sodass sie Rita alleine treffen konnte.

Rita nickte und füllte die letzten Kekse in die Metalldose.

»Diesen Wunschzettel werde ich dir sehr gerne erfüllen«, sagte Rita und reichte Raffaela die Keksdose. »Bis dahin sind hier eure Kekse zum Genießen und wenn wir uns nächstes Mal sehen, bringe ich noch eine Dose für Weihnachten mit.«

Raffaela packte die Metalldose in ihre Tasche und stapelte ihre Bleche und Gitter mit hinein. Mit Rita hatte sie ganz offensichtlich die perfekte Frau für sich kennengelernt.

ENDE

Melde dich zu meinem Newsletter an.

- Erfahre zuerst von Neuerscheinungen.

- Hintergrundinformationen zu den Geschichten.

- Einen Blick hinter die Kulissen

Anmelden unter: www.elarafleur.de

Leseprobe:
Herz aus roten Rosen

Es würde ein langer und arbeitsreicher Tag im Blumenladen »Duftende Rosen der Liebe«werden. Wie immer am Valentinstag.

Ulrike schaute über ihren Arbeitsplatz, der im hinteren Bereich des Verkaufsraumes stand, dessen gesamte Bodenfläche mit Blumen in Wassereimern voll gestellt war. Sie wischte sich ihre feuchte Stirn mit dem Handrücken trocken. Endlich hatte sie alle Eimer mit Blumen aufgebaut.

Mit einem zufriedenen Lächeln lehnte sie sich gegen die Holzleiste des Arbeitstisches und ließ ihren Blick prüfend über die Fläche gleiten. Es war perfekt. Genau so, wie es für den Valentinstag sein musste.

Sie seufzte und dachte kurz an ihre eigene, einsame Wohnung, in der auch heute kein Rosenstrauß stehen würde.

Hastig verdrängte sie den Gedanken wieder.

Es gab noch einiges zu tun, bevor sie die Türe aufschließen und den Blumenladen für den Tag öffnen konnte.

Sie öffnete eine der Pappschachteln, die sie auf den großen Arbeitstisch gestellt hatte. Darin lagen Blumenstecker, Dekodraht und weiteres Zubehör mit roten Herzchen, goldenen, ineinander verschlungenen Ringen und Kussmünder aus Plastik. Passend zum heutigen Tag.

Ulrike griff zuerst nach dem harten Plastik der Kussmünder und sortierte die Dekoration in eines der Kästchen am Rand des Arbeitstisches ein. Es musste genügend Arbeitsmaterial bereitstehen, um alle spontanen Wünsche für Blumensträuße erfüllen zu können. Zeit für lange Ausflüge ins Lager oder gar Einkäufe von Material hatte sie heute nicht. Die Drahtrollen lagen sauber aufgewickelt am Tischrand in ihren Vertiefungen und die Scheren standen daneben in ihren Schachteln. Dazu legte sie jetzt den Dekodraht, der mit Herzchengirlanden verdrillt war. Die üblichen Dekorationselemente aus roten Herzen, kleinen Vögeln und Schmetterlingen waren an ihrem Platz. Manche glitzerten im hellen Lampenlicht. Sie füllte die letzten Materialien aus der Pappschachtel um und faltete sie dann zusammen.

Hastig eilte Ulrike mit dem Müll ins Lager. Vorbei an den vielen, bereits fertig gebundenen Sträußen, die bestellt waren. Viele Kunden hatten Blumensträuße vorbestellt. In der Hauptsache handelte es sich um mit Rosenduft besprühte, rote Rosen, die jetzt im Lagerraum im Wasser standen und darauf warteten, abgeholt zu werden. Ulrike hatte sie in den letzten Stunden alleine fertig gebunden, nachdem sich die Teilzeitkräfte Jonas für den Vormittag und Nicole für den Nachmittag krankgemeldet hatten.

Der weiche Stoff ihres T-Shirts rieb über ihre Oberarme. Im Lager war es kühler als im Verkaufsraum. Schnell warf sie den leeren Karton weg und kehrte in den Verkaufsraum des Blumenladens zurück.

Alles war bereit für einen neuen Arbeitstag.

Sie atmete tief ein und aus. Alleine am Valentinstag. Hoffentlich fand sie wenigstens ein paar Minuten in der Mittagszeit, um ihr belegtes Brot zu essen. Letztes Jahr hatte sie es, obwohl Kolleginnen da waren, beinahe nicht geschafft. Leider war es unwahrscheinlich, dass ihre Chefin kurzfristig Ersatz fand oder selbst mitarbeitete.

Der leichte, süße Duft von Nelken und Margeriten vermischt mit dem schweren, verführerischen Duft von noch mehr Rosen hüllte Ulrike ein. Sie atmete bewusst ein. Das half ihr, positiver auf den bevorstehenden Tag zu schauen.

Die Düfte füllten den Verkaufsraum genauso aus, wie die Kübel, in denen all diese Blumen im Wasser auf dem Boden und an den Seitenwänden auf Blumentreppen standen. Dazwischen hindurchzugehen, glich an manchen Stellen einem Weg durch ein Labyrinth.

Das Schaufenster zur Fußgängerzone hin war noch dunkel. Nur das künstliche Licht der Straßenlaternen fiel herein. Der Wintermorgen war trübe, wie es sich für einen Februar gehörte. Im Laufe des Tages sollte es schöner werden. Etwas, was noch mehr spontane Kunden bringen würde. Die Dekoration aus roten Plastikherzen, pinken Luftschlangen und kleinen Rosensträußen im Schaufenster würde sie anlocken.

Ulrike atmete aus.

Wenn sie sich nicht konzentrierte, nahm sie den schweren Duft gar nicht mehr wahr. Genauso wenig wie die vielen Schritte, die sie schon gegangen war, um die Dekoration anzubringen und alle Blumenkübel erst mit Wasser und dann mit den bunten Blüten zu füllen. Sie stemmte ihre Hände in den Rücken. Sie neigte ihren Kopf von rechts nach links, um ihren Nacken zu dehnen, und wackelte mit den Zehen in ihren Schuhen.

Sie griff nach einem Stab, auf dessen Ende ein glitzernder Schmetterling steckte. Sie würde noch ein paar Frühlingssträuße binden, bevor die ersten Kunden kamen. Die gingen immer weg.

Langsam wanderte Ulrike zwischen den Eimern hindurch und ließ sich inspirieren. Das ständige Bücken strengte körperlich an. Sie würde heute Abend wieder jeden Knochen spüren können, wenn sie alleine zu Hause in ihrem Bett lag und von einer Partnerin träumte.

Jeder andere Feiertag, an dem viele Blumen verschenkt wurden, war in Ordnung für Ulrike, aber nicht der Valentinstag, der sie mit ihren achtundzwanzig Jahren wieder an ihre Einsamkeit erinnerte. Sie wünschte sich eine Freundin, die ihr Rosen schenkte und sie mit Aufmerksamkeiten zum Valentinstag verwöhnte.

Ulrike bückte sich und zog eine gelbe Tulpe aus einem Eimer.

Gefunden hatte sie diese Frau fürs Leben bisher nicht. Weder über Dating-Portale noch Dating-Apps, noch in Clubs für Frauen oder auf anderen Veranstaltungen. Geschweige denn bei der Arbeit.

Wie ihre fünf Brüder sie, absolut nicht hilfreich, immer wieder daran erinnerten, war das ihre eigene Entscheidung. Wenn sie ein bisschen Interesse an einem Mann zeigen würde, würden diese ihr mit Freuden viele hübsche Exemplare aus ihrem Freundeskreis vorstellen.

Ein Angebot, das Ulrike ihnen sofort abnahm, aber nicht annahm.

Männer waren ihr zu eckig, rochen herb und interessierten sie ganz einfach nicht. Frauen dagegen hatten schöne Stimmen, weiche Rundungen und sie dufteten wie die vielen Blumen im Laden: einladend, süß und verführerisch.

Sie ging um eine Kurve und fügte eine rosarote und eine schachbrettfarbene Tulpe zur gelben in ihrer Hand hinzu.

Vermutlich würde der eine oder andere ihrer fünf Brüder heute im Blumenladen vorbeikommen, um ihr einen Freund vorzustellen. Sie waren wirklich nett, ihre Brüder. Immer um sie besorgt, immer darauf bedacht, sich um sie zu kümmern. Aber eine hübsche Frau wollten sie ihr nicht vorstellen.

Sie zog ihr Smartphone heraus und tippte in den Geschwisterchat: »Kein Bedarf an Männern heute.«

Es war unwahrscheinlich, dass ihre Brüder sich davon abhalten lassen würden. Aber es war einen Versuch wert.

Ulrike ging im Kreis herum, durch die gewundenen,

schmalen Wege im Verkaufsraum weiter und nahm noch mehr Tulpen in verschiedenen Farben in ihren Strauß, bis sie wieder an ihrem Arbeitstisch angekommen war. Aus einem Eimer an der Seite nahm sie grüne Tulpenblätter, die sie als Rahmen um die Blüten legte, bevor sie alles mit dem Blumendraht zu einem Strauß band. Zufrieden betrachtete sie ihr Werk. Es war ein farbenfroher Frühlingsstrauß. Einer, der vor guter Laune sprühte.

Ulrike betrachtete den Strauß und dachte an die Begründung ihrer Brüder: Konkurrenz.

Ulrike schüttelte, wie jedes Mal, den Kopf über diese sinnlosen Ängste und Bedenken. So wie jede Blüte anders war, so hatte doch jede Person andere Wünsche.

Ihre Brüder ließen sich davon nicht überzeugen. Aus deren Sicht war jede Frau eine potenzielle Partnerin. Das galt selbst dann, wenn diese sich nur für Frauen interessierte. Immerhin akzeptierten ihre Brüder Ulrikes Wünsche insofern, als sie weiter miteinander redeten. Ganz im Gegensatz zu ihrer alten Schulfreundin Rita, die sich endlich getraut hatte, zu Hause auszuziehen und sich auf den ersten Blick in ihre Mitbewohnerin im Studentenwohnheim verliebt hatte. Den Eltern und Geschwistern hatte Rita, zumindest bei Ulrikes letztem Telefonat mit ihr, nichts davon erzählen wollen.

Ulrike stellte den Blumenstrauß in einen Wassereimer, strich sich über ihre blonden Locken und prüfte, dass alle Strähnen noch fest in ihrem Pferdeschwanz zusammengebunden waren. Nichts war ärgerlicher bei der Arbeit, als in Blumendraht verhedderte Haarsträhnen, welche die Arbeit zunichtemachten und schmerzhaft an ihrer Kopfhaut rissen.

Ihr Smartphone vibrierte. Sie las die Antworten ihrer Brüder: »Natürlich kommen wir dich besuchen.« - »Wo sonst, als bei dir, sollen wir unsere Blumen heute kaufen?« - »Guter Witz.«

»Dann dürft ihr verkaufen, während ich Mittagspause mache«, schrieb Ulrike zurück.

Ihre Brüder schickten ihr lachende Smileys.

Ulrike verdrehte die Augen und steckte ihr Telefon weg. Es war einen Versuch wert gewesen, sich diese Diskussion zu ersparen. Andererseits freute sie sich fast schon darauf, ihre Brüder zu sehen.

Es war immer lustig mit ihnen.

Sie sah sich im Laden um. Alles war bereit. Die runde Uhr an der Seitenwand zeigte eine Minute vor zehn. Die Straßenlaternen vor dem Schaufenster waren erloschen, und das Tageslicht fiel durch die Dekoration herein. Zeit, die Eingangstüre für die Kunden zu öffnen. Der erste Kunde, in einem dunkelblauen Anzug, stand schon davor.

Ulrike setzte ein Lächeln auf. Sie nahm den Schlüssel vom Haken an der Wand und ging zügig durch das Labyrinth aus Blumen in Wassereimern zur Türe.

Den Mann kannte sie bereits. Er kam einmal die Woche und kaufte einen Strauß rosa Rosen für seine Frau, mit der er seit zwanzig Jahren glücklich verheiratet war. Das hatte er ihr erzählt, als er für seinen Hochzeitstag rote statt rosafarbener Rosen ausgewählt hatte.

Sie drehte den Schlüssel im Schloss herum, schwang die Tür auf und sagte: »Guten Morgen und herzlich willkommen bei den duftenden Rosen der Liebe.«

Der Name des Blumenladens war wunderschön. Aber eben nicht am Valentinstag. Dabei hatte sie sich letztes Jahr fest vorgenommen, dieses Jahr am Valentinstag Urlaub zu nehmen. Wie hatte sie das nur vergessen können? Am besten, sie schrieb es sich für nächstes Jahr gleich in den Kalender, damit ihr das nicht wieder passierte.

»Guten Morgen, Ulrike«, sagte der Mann und trat ein.

Wie alle anderen Floristinnen, die hier arbeiteten, trug Ulrike ein grünes Poloshirt, das rechts über der Brust ihren aufgestickten Vornamen zeigte. Für die Kundenbindung oder so ähnlich.

Statt nach ihrem Smartphone in der Hosentasche zu greifen und sich eine Erinnerung zu schreiben, konzentrierte Ulrike sich auf den Mann und fragte: »Ein Strauß rosa Rosen, wie immer? Oder steht Ihnen heute der Sinn nach roten Rosen für den Valentinstag?«

»Ein gemischter Strauß, bitte. Rot und Rosa.«

Der Mann lächelte sie freundlich an.

Ulrike holte Rosen in beiden Farben. Sie atmete ihren süßen Duft ein, steckte für die Ausgewogenheit ein paar Zweige mit grünen Blättern und einen Stab mit einem roten Herz dazu und wickelte den Strauß sorgfältig ein.

Kaum dass der Mann bezahlt hatte und gegangen war, kamen bereits die nächsten Kunden. Laufkundschaft, die sich umsah und spontan auswählte oder beraten werden wollte. Von Studenten in Jeans, über Geschäftsleute im Anzug, bis zu Rentnern in gemütlichen Stoffhosen war alles dabei. Nur keine hübsche Frau.

Ulrike war gut beschäftigt mit dem Binden von Sträußen, dem Empfehlen von Blumen und dem Herausgeben von Vorbestellungen. Gleichzeitig behielt sie die Türe und die Kunden aus den Augenwinkeln im Blick. Immer bereit, Fragen zu beantworten und einzuschätzen, wo sie als Nächstes gebraucht wurde. Inzwischen war es eine Erfrischung, in den kühlen Lagerraum gehen zu können und einen bestellten Strauß zu holen. Im

Blumenladen wurde es mit den zunehmend hereinfallenden Sonnenstrahlen immer wärmer. Trotzdem war es ein kalter Februar und ständig ging die Türe auf und zu.

Ulrike war so konzentriert bei der Arbeit, dass sie Stefan unter den Kunden erst erkannte, als er sie direkt ansprach.

»Schwesterherz, guten Morgen«, sagte Stefan und tippte ihr mit der Fingerspitze auf die Nase. »Tauche auf aus deinem Blütenmeer und schaue, wen ich dir mitgebracht habe.«

Ulrike sah auf. Stefan, wie immer im Anzug, mit offener Winterjacke im warmen Blumenladen und vermutlich auf dem Weg zur Arbeit, stand selbstgefällig lächelnd vor ihr. Um ihn herum standen weitere Kunden. Viel Zeit zum Plaudern hatten sie beide nicht.

»Guten Morgen, Stefan. Ich sehe niemanden, außer dir«, sagte Ulrike und zwinkerte ihm zu. Sie liebte ihr Geplänkel. Dann schaute sie wieder auf die Blumen hinunter, die sie gerade für einen jungen Mann zu einem Strauß zusammenband. Der knetete seine Strickmütze zwischen den Händen, als hätte er es sehr eilig.

»Gleich fertig«, sagte sie zu ihm hinüber.

Sie zog einen Bogen Papier zum Einwickeln aus dem Fach unter der Tischplatte heraus. Raschelnd schlug sie den Strauß ein. Ihr Bruder schwieg und schaute ihr beim Arbeiten zu. Dabei tappte er rhythmisch mit dem Schuh auf den Boden. Ein Tick, den sie von ihm bereits kannte und der sie nicht mehr in Hektik versetzen konnte. Dafür hatte er ihn zu oft angewandt. Außerdem war sie bei der Arbeit und nicht bei einem Familientreffen.

»Bitte sehr. Ihr Strauß.«

Ulrike hielt den Frühlingsstrauß hoch, reichte ihn

weiter und kassierte.

Sie sah sich im Laden um.

Ein Pärchen stand vorne am Eingang, bei den fertig gebundenen Sträußen für Spontankäufen. Die beiden schienen noch darüber zu diskutieren, welcher Strauß am schönsten war. Da war Abwarten besser als sofort hinübergehen. Sonst stand im Moment nur noch ihr Bruder vor ihr.

»Wen hast du mir mitgebracht?«, fragte Ulrike und verschränkte die Arme vor der Brust. Mitgebracht hieß in der Regel, sie musste einem Mann einen Korb geben. Gerade hatte sie genug zu tun, auch ohne extra auf männliche Gefühle Rücksicht nehmen zu müssen. »Ich sehe niemanden.« Immerhin. Vielleicht, zur Abwechslung, eine Anspielung auf sich selbst.

Stefan breitete seine Arme aus und zog sie über ihren Arbeitstisch hinweg, in eine Umarmung. »Bin ich etwa nicht genug?«

Lachend umarmte Ulrike ihren Bruder und löste sich dann aus seiner Umarmung. Sein Bart, obwohl frisch rasiert, kratzte an ihrer Wange und sein Aftershave war ihr zu herb. Sosehr sie ihn auch mochte, mit einer Armlänge Abstand war er ihr lieber. Sie zog ihr Poloshirt wieder glatt.

Wie schön, ihr Bruder hatte endlich verstanden, dass sie nicht verkuppelt werden wollte.

»Brauchst du einen Blumenstrauß für deine neue Assistentin, von der du an Weihnachten erzählt hast?« Ulrike lächelte erleichtert und zwinkerte ihm zu. »Ich habe hier wunderschöne, ineinander verschlungene Ringe, die ich als Dekoration in den Strauß binden kann.« Ulrike deutete auf die Schachtel am Rand des Arbeitstisches, in die sie diese einsortiert hatte. Bisher hatte noch kein

Kunde Ringe als Deko gewollt. Ob dieses Jahr keine Anträge gemacht wurden?

Stefan schüttelte den Kopf, drehte sich zur Türe und winkte hinaus.

»Du weißt doch, Heiraten ist nichts für mich.«

Ulrike sah in die gleiche Richtung. Aus dem Strom von Passanten und Leuten auf dem Weg zur Arbeit löste sich eine Person mit einer grünen Winterjacke. Beim Eintreten knöpfte er sie auf. Ein weißes Hemd wurde sichtbar. Die kurzgeschnittene, braunhaarige Männerfrisur und eine blaue Krawatte, passend zur schwarzen Hose, vervollständigten die Erscheinung. Das war kein Mann für sie.

Warum nur konnten weder Stefan noch ihre anderen Brüder das nicht sein lassen?

»Ich glaube doch, dass du die Eheringe brauchst«, sagte Ulrike, nur, um Stefan damit zu ärgern. Schließlich konnte er es ja auch nicht sein lassen.

»Warum stellst du ihn nicht unseren Brüdern als Partner vor?«, fragte Ulrike genervt. »Finde eine süße Frau für mich und ich denke darüber nach, wenigstens zu einer Verabredung mitzugehen.«

Ende der Leseprobe aus »Herz aus roten Rosen«

Melde dich zu meinem Newsletter an.

- Erfahre zuerst von Neuerscheinungen.
- Hintergrundinformationen zu den Geschichten.
- Einen Blick hinter die Kulissen

Anmelden unter: www.elarafleur.de

Tauche ein in die Welt leonischer Spitzen, die sich wie ein rot-goldener Faden durch ihre sapphische Liebesgeschichte zieht.
Glänzendes Spitze.
Romantische Schneeflocken.
Überbordende Gefühle.

Erlebe, wie sie sich in luxuriösem Drahtgeflecht aus vergangenen Zeiten verlieren und sich in der Gegenwart zu ihrem Happy End wiederfinden.

Romane

Herz aus roten Rosen
Leonischer Liebesbeweis
Unerwartet Weiblich Verliebt

Collections

Kurzgeschichten

Zutaten für die Liebe

www.ingramcontent.com/pod-product-compliance
Lightning Source LLC
Chambersburg PA
CBHW061345140726

47997CB00003B/1068